숲속 작은 집

마리의 부엌

숲속 작은 집

마리의 부엌

김랑 에세이

ᄃ녹

2부

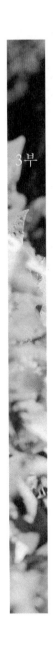

1부

마음만은 여유로운 시골살이

스치듯 보았던 다큐멘터리 때문이 틀림없다. 일본에서 한 노부부가 당신들이 살고 있는 그 지역 음식으로 손님들에게 식사를 차려드리는 숙박업을 하는 내용이었다. 그 영상을 보고 남편에게 말했다.

"우리도 나이 들어 방 한두 개를 운영하면서 생활하면 좋겠네, 무료하지도 않고 생활도 되고. 우리도 저렇게 살까?"

우리 부부는 남들처럼 열심히 생계를 살아냈지만 도시에서는 어딘지 모르게 항상 이방인 같았다. 밥 벌어먹는 일로부터 벗어날 수는 없어도, 기어코 모든 시간을 생계에만 집중할 수는 없는 사람들이었달까. 주말마다 집에 있으면 당장 목숨줄을 내놓아야 하는 것처럼 쏘다녔다. 매주 도시락이나 주먹밥 또는 누룽지를 싸들고 아이와 들로 산으로 나가야 숨이

트였다. 각지를 다니면서 나물도 캐고 조개도 줍고 꽃도 땄
다. 발이 닿지 않는 밑바닥으로 삶이 한없이 내려가면서도,
우리 가족 셋이 있을 때만큼은 그 어떤 시간보다 행복하게 보
냈다.

　　당장 어쩌지도 못하면서 괜찮은 동네다 싶으면 100평
남짓한 구옥들을 기웃거리며 구경하고, 그곳 주민이 지나가
면 "이 집 매매 나왔나요?" 하고 묻곤 했다. 그러다 어느 해
여름, 이곳 지리산 근처로 여행을 왔다가 우연히 지금 이 집
의 주인을 만나게 되었다. 몇 번 더 이 동네를 오가다 자신의
집이 매물로 나와 있다기에 구경을 갔다. 솔직히 집 자체는
괜찮았지만 규모가 너무 컸고 마당이 채워지지 않아 주변이
휑했다. 우리에게는 너무나 과분했는데 집주인은 집을 사도
좋고 전월세도 괜찮다고 첨언했다.

　　우선 지인들에게 이모저모 조언을 구했다. 시골에 임대
로 들어갔다가 1~2년 만에 채 정리도 못 하고 쫓겨나듯이 집
을 비워주는 사례를 많이 봤으니, 꼭 가겠다면 대출을 받아
매매로 들어가라는 조언이 주를 이뤘다. 보통 이런 얘기를 들
으면 대출을 얼마나 받을 수 있는지, 그것이 무리가 없는지
등 여러 계산기를 두드려보았을 텐데…… 무언가 계시라도
받았는지 우리는 그냥 대출도 아니고 전 금액 대출이라는 굉
장한 무리를 해가며 이 집을 품게 되었다. 사실 그렇게 밀어

붙이듯 진행한 데에는 편의를 봐주겠다는 집주인의 양해가 있었다. 막상 대출을 끝내고 오니 서로 받아들이고 이해한 말이 달랐다는 게 심각한 문제였지만.

계약하는 과정에서 집주인과 트러블이 생겨 고생이 이만저만이 아니었다. 하지만 결과적으로 해피엔딩이기에 지금도 가끔 남편과 이야기한다. 우리는 이곳에 살게 되어 매해 조금씩 더 행복해졌으니 그냥 다 감사드린다고, 서로 얼굴 붉히는 일도 있었지만 각자 잘된 것이라고.

그런 우여곡절을 통과해 우리는 2015년 3월 10일, 지리산 산청으로 이사했다. 남편과 나는 서로 티를 내지 않았지만 속으로는 무척이나 막막한 상황이었다. 이곳 집의 대출이자와 정리되지 않은 도시 집의 월세를 해결해야 했다. 이곳으로 오면 숨이 트일 줄 알았으나 오히려 목까지 숨이 차올라 잠 못 드는 날이 더 많이 쌓여갔다. 그러던 어느 날 집 주변을 산책하다 산천의 보물인 나물들을 보게 되었다. 남편에게 우스갯소리로 물었다.

"나물이나 뜯어 팔까?"

지나가는 말처럼 던졌지만 내심 할 만하다고 생각했다. 어렸을 때부터 식물에 관심이 많아 집 주변 풀들을 다 뽑아 관찰해온 덕분에 나물은 박사 수준으로 꿰고 있고, 혼자 사부작사부작 일하는 것은 어느 곳에도 오랫동안 매여 있지 못하는 내가 자신 있게 생계를 유지할 수 있는 방법 중 하나였다. 그렇게 간간이 둘이 집 주변에서 쑥, 머위, 원추리, 삼잎국화, 취나물, 개발딱주 등을 캐 한 번에 세 종류의 나물을 SNS로 도시 이웃들에게 팔기 시작했다. 그들은 '마트에서 사 먹는 것과는 향이 다르다'는 좋은 평을 남겨주었고, 채집해오는 족족 모든 수량을 판매하는 기쁨을 맛보며 당장의 끼니를 해결할 수 있었다. 나물 일은 그후로도 몇 년 더 지속되다, 우리집을 찾아오는 민박 손님들이 늘어나자 그 나물들을 우리가 다 소비하면서 판매를 멈추게 되었다.

도시를 떠난 지 이제 곧 10년째다. 갑자기 시작된 시골살이. 일은 순조롭게만 흘러가지 않았고 마음고생도 톡톡히 했다. 먹고사는 일로 여기서도 골머리를 앓았지만 과거와 달리 마음만은 자유로웠다. 딱 우리 세 식구만큼의 고생과 시련이었기에 충분히 이겨낼 수 있었다.

몇 년 전 코로나로 온 세상이 흔들리고 멈췄을 때 남편이 불안해하자 "걱정 마, 또 나물 캐서 팔면 봄은 나겠지"라며 큰소리쳤다. 이제는 그럴 수 있겠다 싶었다. 우리 가족 셋이서 무엇인들 못 할까? 셋이 살 수 있다면, 남에게 피해주지 않고 나쁜 일만 아니라면, 무슨 일인지는 중요하지 않다.

우리 천천히 나아가자

지리산으로 거처를 옮긴 첫해 봄, 남편은 양봉 일을 나갔다.
나물 판매를 시작했지만 역시나 그것만으로는 끼니를 해결
할 수 없어 남편이 집 근처 양봉장에서 일감을 얻은 것이다.
그렇게 남편은 서툰 솜씨로 벌통 청소와 소독, 벌통 이동과
채밀, 포장과 배달까지 그곳의 전반적인 일을 시작했다.

　남편이 일하는 곳은 이 동네에서 제법 큰 규모의 양봉
사업장이었고, 그 댁 사장님 내외는 남편의 성실함을 칭찬하
며 종종 우리 가족 모두를 불러 밥을 사주시곤 했다. 그 무렵
우리 생계에 큰 도움이 되어주셨기에 그 고마움을 지금도 잊
지 못한다.

　가을부터는 동네 윗집 형님네 산삼밭 개간 작업에 투입
되었다. 개간지는 사륜차로 오고가야 했는데 워낙 길이 험해

서 아무나 차를 운전할 수 없었기에, 아침에 도시락과 간식을 들고 가면 작업이 마칠 때까지 내려올 수 없는 곳이었다.

매사가 긍정적인 남편은 시간 날 때마다 주변 사진을 보내주며 풍경이 환상적이라고, 명상이 필요한 사람이나 생각을 멈추고 싶은 사람이 오면 너무 좋을 곳이라고 말했다. 한번은 탁 트인 풍광에서 하얀 눈과 함께 도시락을 먹는 사진도 보내왔다. 눈이 귀한 지역이지만 산이 제법 높았기에 살짝 쌓인 듯했다.

일에 귀천이 없다는 걸 우리는 너무나 잘 안다. 하지만 나는 그가 산일에 갈 때마다 집에서 혼자 울었다. 미안하고 감사해서, 그의 무거운 어깨가 안쓰러워서. 시간이 조금 지나서 내가 아이와 갈 수 있는 집 근처까지 남편의 작업지가 내려왔을 때, 아이와 손을 잡고 일터에 도시락 배달을 갔다. 밥을 먹고 다시 곧장 일하는 남편을 보며 아이에게 말했다.

"엄마는 아빠를 존경해. 누구나 이 일을 할 수 있지. 하지만 아빠처럼 성실하게 무엇이든 하는 사람은 잘 없을 거야. 아빠는 참 대단한 사람이야. 가족을 위해 저렇게 일을 하잖아. 우리가 없다면 저 힘들고 고된 일까지 하지 않아도 먹고 살 수 있었을 텐데. 우리를 위해서 아빠는 많은 걸 기쁘고 행복하게 희생하니깐, 너도 아빠에게 감사했으면 좋겠어."

일머리가 좋은 남편은 그후로 봄이면 서너 집의 양봉 일을 돕느라 매번 봄을 숨 가쁘게 보냈다. 철없는 나는 봄이 다 가버렸다고, 제대로 누리지도 못했는데 순식간에 가버렸다고 아쉬움만 꺼내었다. 그러다 여름이 오면 손님을 맞이하고 한 차례 빠져나가면 한 달쯤 여행을 다녔다. 수고한 우리에게 주는 보상과 선물이었다. 여행을 다녀오면 또다시 노동의 시간이었다. 가을이면 생강청을 만들고, 동네에서 감을 따고 깎으며 곶감 작업을 했다. 연초는 일상에 틈이 생기는 시기라 가끔 이웃에 설비 일이나 잔업을 간간이 하며 지냈다. 어느 날 남편이 그러더라.

"여보, 산에서 일할 때 너무 춥고 힘들어서 무릎이 꺾이더라. 근데 당신이랑 아이를 생각하니 일어서졌어. 참 신기했어."

큰 뜻 없이 말한 것이었겠지만 나는 그 말에 펑펑 울 수밖에 없었다.

남편은 작년부터 특별한 한두 번을 제외하고는 이제 크게 힘쓰는 일을 나가지 않는다. 소득이 썩 나아져서는 아니다. 굳이 따지자면 외부 일을 줄였기에 불안정해졌다. 하지만 덜 먹고 덜 쓰면 되지, 몸이 상할 일은 하지 말자고 이야기했다. 밖에서 일을 마치고 돌아온 남편이 이모저모 문단속까지 마치느라 등에 어둠을 진 채 현관으로 들어오는 모습을 더

이상 보기 힘들었다. 총량의 법칙은 어디에나 있으니 남편 몸이 이러다 나중에는 일어서지도 못하면 어쩌나 싶었다. 우리 형편은 넉넉하지도 않고 남들처럼 연금도 없는데 건강해야지, 그게 우리에게는 재산이니 그리하자고 합의를 봤다. 숙박 손님뿐 아니라 봄가을에는 점심 예약도 받고, 손님이 없을 땐 김치에 된장국, 밥 한 그릇으로 지내도 상관없으니 걱정 말라고.

그렇게 1년을 시범 삼아 보내는 내내 남편은 수입이 불안정한 일상에 적응하지 못했다. 지금이라도 다시 일을 나가야 하나 고민하고 초조해하면서 자기가 가장 역할을 제대로 하지 않는 것 같다며 한동안 자책하는 시간을 보냈지만, 이제는 많이 내려놓았다. 큰돈 들어올 일 없는 우리 삶의 구조에도 바라는 것이 하나 있다면, 한 달에 열흘 정도 열심히 일하고 나머지 날은 집에서 사부작사부작 두 사람 몫의 일당 정도만 벌고 사는 것이다. 몇 년 뒤, 멀리멀리 내다보며 사는 것은 아니어도 하루하루 일당이 쌓여 한 달이 살아지면 남편은 그제야 안도하니까. 내 소망은 남편이 부담으로부터 편안해지는 것이다. 우리 가족이 계속해서 서로를 사랑하는 데 그런 것들이 티끌만큼도 걸리지 않기를 바라본다.

방 한 칸

부엌 한 칸

꽃 심을 마당 두 평

그리고 살아도 좋을 당신

퇴색해서 버석이고

낡아서 너덜거리기 전에

둘이서만 살아내도 행복할 당신

삼백하고도 오십 일쯤

뜨신 밥 한 그릇에

김 나게 된장국 한 사발 담고

나물 분질러 무치고

김치 한 가지 걸쳐 먹고

살아도 살아질 날들

당신과 함께 그날들을 기다리며

오늘도 하루를 뺀다

화전

준비물
식용 꽃, 습식 찹쌀가루,
식용유, 설탕

① 진달래, 유채꽃, 제비꽃 등 먹을 수 있는 꽃을 따서 씻어둔다.

② 습식 찹쌀가루 800g에 뜨거운 물을 부어 반죽한다.

③ 반죽을 오백 원 동전 크기로 둥글게 빚는다. 이때 약간 힘주어 둥글둥글하게 빚어야 가장자리가 갈라짐 없이 곱다. 반죽을 평평하게 펴준다.

④ 팬에 기름을 두르고 넙적해진 반죽을 올린다.

⑤ 아래가 노릇해지면 뒤집고, 뒤집은 면에 꽃을 올려 장식한다.

⑥ 접시에 설탕을 뿌리고 그 위에 화전을 올려 한 김 식힌다. 쫄깃한 맛을 좋아하면 식혀서 먹으면 된다.

도시에 살 때도 봄마다 남편은 산에서 진달래를 따왔다. 그럼 아이와 함께 화전을 구워 배불리 먹고는 했다. 귀촌한 곳에서의 봄바람은 도시보다 찼지만, 아이와 화전을 만들며 느꼈던 그 풍성한 기분을 이곳에 찾아온 사람들과도 즐기고 싶었다. 그래서 해마다 3월이면 나는 손님들과 하루 정도는 종일 꽃놀이에 취해 지낸다. 한껏 꽃내음을 맡고 색색깔의 꽃들을 품에 앉은 채 집으로 돌아와, 고소하고 향긋한 꽃전을 굽는다. 꽃잎을 씹어 봄을 몸 안 가득 밀어넣는 우리만의 꽃놀이다.

도시의 아파트에서 할 때와는 비교가 안 될 정도로 호사스러운 나의 꽃놀이를 올해는 누구와 보내게 될까. 우리는 올해 어떤 시간을 가지게 될지 기대하며 기다리는 것 역시 봄을 맞이하는 나의 몫이다.

네번째 생을 정리해보면

"언니 언니, 저 이야기가 하고 싶어서 왔잖아요!"

우리 민박의 단골손님인 은주의 급한 목소리가 귓전을 때렸다. 우리 부부는 그녀의 연애사에 혹 문제라도 있나 싶어 귀를 쫑긋해보았다. 그녀는 곧이어 형부랑 언니가 아니면 이런 걸 이야기할 곳이 없다면서 말을 시작했다.

드라마 〈도깨비〉에는 "인간은 모두 네 번의 생이 있다"라는 대사가 나온단다. 첫번째 생은 씨를 뿌리는 생, 두번째 생은 뿌린 씨에 물을 주는 생, 세번째 생은 물을 준 씨를 수확하는 생, 네번째 생은 수확한 것들을 쓰는 생.

"저는 아무래도 모든 정황상 지금이 첫번째 생인 것 같아요. 언니는요?"

"나는 네번째 할래. 다시 태어나고 싶지 않아, 무엇으로도. 그래서 이번 생은 수확하고 거두면서 잘 살아보려고."

"음, 언니는 왠지 네번째 생이 맞는 것 같아요. 뭔가 정리하는 것 같거든요. 형부는 아직 거기까지는 아니니 두번째나 세번째 생인가?"

그렇게 웃던 은주는 사실 이것이 본론이라며 삶에 대한 또다른 이야깃거리를 꺼냈다.

첫번째는 살면서 후회되는 것이 무엇인지, 두번째는 그럼에도 불구하고 잘한 것이 무엇인지, 세번째는 지금 하고 싶은 것이 무엇인지 총 세 가지 질문이었다. 드라마 속 대사에 따르면 네번째 생까지는 항상 아쉬움과 후회, 훗날을 기약하는 기대가 매 삶마다 있을 테니, 우리와 이야기를 해보고 싶었단다.

그녀의 질문에, 잊어버리지 않으려고 꽁꽁 싸매어둔 이야기가 단숨에 풀어졌다.

머릿속에 뚜렷이 존재하는 후회되는 일이 하나 있다. 초등학교 4학년 때, 일찍이 혼자되신 엄마께 누군가 대기업에서 경리 일 하시는 분과의 만남을 주선해주셨다. 그에 동생은 당장 자기는 엄마 따라가서 그분을 '아빠'라 부르며 살 수 있다고 말하는데, 나는 거기다 대고 "방 하나 얻어주고 생활비 주면 혼자 나가 살겠다" 했다. 보리 소쿠리 속 쥐처럼 까만 눈으로 엄마를 뚫어져라 보며 미동도 눈물도 없이 그저 담담히 이야기했고 엄마는 아무 말도 없었다. 나는 그때 그렇게 해야 한다고 생각했다. 나마저 다른 사람을 아빠라고 부르면 우리 아빠를 영영 버리는 것이고, 그럼 꿈에서조차 다시는 아빠를 볼 수 없을 것 같았거든.

이 사실을 까맣게 잊고, 내가 어른이 된 언젠가 왜 그때 그분과 만나지 않았냐고 엄마께 물었다. 그러자 엄마는 열한 살 삐쩍 마른 내 입에서, 까만 눈만 초롱초롱했던 내 입에서 나온 그 말에 마음을 내려놓았다고 답했다. 아무것도 몰라서 그냥 그렇게 살아야 하는 게 맞는 줄 알았다고. 시골에서 여자가 그 푸른 나이에 혼자 사는 게 이토록 무섭고 힘들 줄 몰랐고, 너무 아무것도 몰라 오히려 살 수 있었다고 말이다. 엄마는 일찍 혼자가 된 탓에 내 사람과 사는 정도, 사랑도 몰랐다. 하지만 만약 알았더라면, 그 등을 함께 맞대어 사는 게 서로에게 그렇게나 든든하고 힘 있는 동아줄이 되어주는 줄 알았다면 그리 살지 못했을 거라고 말했다. 어린 딸 둘과 꼬물거리며 하루하루 입에 거미줄 엮지 않고 살아내는 것이 최선인 줄 알았던 엄마다.

그런데 나이 들고 이제 와 알겠더라, '청상과부'란 게 그 시절에 얼마나 힘들었을지. 감히 다 안다고는 못 하겠지만…… 혼자서 어린 두 딸을 데리고 어찌나 힘들었을까? 세상을 등지지 않아서 고맙고, 그 긴 시간 버텨줘서 감사하고,

내 어린 날의 말이 가슴에 꽂혔을 미안함을 말로 다 할 수가 없다. 다시 그때로 돌아간다면 엄마 손 잡고 집을 나서서, 살갑지는 않아도 누군가를 아버지라 부르며 살 수 있을 것 같다. 엄마만 생각하면 일찍 떠난 내 아버지에 대한 정쯤은 곧바로 버릴 수 있을 텐데. 정말 그럴 수 있을 텐데.

그럼에도 불구하고 잘한 건 남편을 만난 것이다. 난 늘 운명을 저 건너에 두고 살았다. 삶이 팍팍하고 고되었기에 길게 살고 싶지 않았으니까. 엄마와 동생이 편안해지면, 그때는 내가 없어져도 되겠다고 생각했다. 학생 때는 무기력 탓인지 쓰러지듯 눈 감으면 일어나질 못했다. 온갖 검사를 통해 알게 된 내 병증이 우울증이라 병원 약을 타기 시작했지만, 약을 먹으면 의식 없이 눈을 감고 있어도 온갖 소리가 다 들려와서 마음에 더 혼란이 왔다. 먹지 않는 병원 약이 쌓여가면서 결국 병원도 끊고 말았다. 성인이 되고부터는 다시 원인 모를 두통에 병원 응급실을 얼마나 자주 드나들었는지, 야간 의사들은 날 보면 검사도 없이 혈관주사 두 대를 처방해주고는 했다.

그렇게 살아내다 남편을 만났다. 그 사람은 할머니가 나를 걱정해서 보내준 보호자 같았다. 남편을 만나지 않았다면 지금의 나는 없었을지도 모른다. 아마 오십을 채우기 전에 내

스스로를 끝냈을지도 모른다. 그를 만나기 전에는 나 자신이 먼저였던 적이 없었고 날 위한 것도 별로 없었는데 저 사람은 모든 관심사가 다 나였다. 내가 잘 먹고 잘 자고 잘 쉬고, 그러면 된다고 나만 옆에 있어주면 된다고 말해주었다. 지금도 남편 덕에 내가 살아가고 있다고 생각한다.

지금 하고 싶은 것은, 기회만 된다면 가족과 여행을 자주 가는 것이다. 누군가 한 사람이 우리 곁에 없어도 같이 보낸 시간의 힘으로 일어서고 계속 살아갈 수 있게, 우리만의 시간을 모아두고 싶다. 그리움이 아픔 없이 담백하게, 내 어린 날처럼 아프지 않게, 그리움이 그리움으로만 남도록. 정신 없이 살다보니 하루하루 의미가 있었든 없었든 모든 게 쏜살같이 사라져서, 나는 여기쯤 와 있고 어느새 아이는 훌쩍 자라 우리 품을 떠날 나이가 되어버렸다. 아직도 함께 하고팠던 게 엮어둔 굴비처럼 줄줄이 있는데, 이제는 할 수가 없네. 앞으로의 시간을 잘 나누는 수밖에 없겠지.

후회하는 것, 그럼에도 잘한 것, 이제 와 하고픈 것…… 이렇게 이야기하다보니 덕분에 많은 것이 정리되었다. 고맙다, 은주야. 네 말대로 지금이 나의 네번째 생이라면 미련도 아쉬움도 없이 이제 거두어갈 일만 남았겠네. 어느 날 문득 또다시 내 삶이 흔들릴 때는 오늘 나눈 이 이야기들을 되새기며 나의 네번째 생을 떠올릴 수 있겠다.

정겨운 동네 친구들

어릴 때「지란지교를 꿈꾸며」라는 시인 유안진의 문장을 곱 씹고 외우면서 정말 마음에 와닿는 부분이 있었다.

"우리는 명성과 권세, 재력을 중시하지도 부러워하지도 경멸하지도 않을 것이며, 그보다는 자기답게 사는 데 더 매력 을 느끼려 애쓸 것이다.

우리가 항상 지혜롭진 못하더라도, 자기의 곤란을 벗어 나기 위해 비록 진실일지라도 타인을 팔진 않을 것이다. 오해 를 받더라도 묵묵할 수 있는 어리석음과 배짱을 지니기를 바 란다. 우리의 외모가 아름답지 않다 해도 우리의 향기만은 아 름답게 지니리라."

온통 삐죽삐죽 모가 나서 친구가 없던 나에게는 허황된

글귀 같았고 믿기지 않았다. 그런데 이곳에 와서 우리 부부는 그런 친구들을 가지게 되었다.

자연꿀과 곶감 농사를 짓는 원주씨와 미영이. 세상을 다 품어줄 듯한 여유를 가지고, 가끔은 막내 같은 개구진 모습의 원주씨와 웃음이 이쁘고 야무진 미영이가 느긋하게 마음으로 산속에서 벌들과 함께한다. 여유와 긍정의 아이콘인 사람들이다.

고추와 곶감, 생강 농사를 짓는 윤지네 가족도 있다. 윤지 아빠는 우리들 가운데 제일 연장자답게 어떤 일에도 늘 평정심을 유지한다. 문제가 생기면 나는 곧잘 감정에 둘러싸여 손을 놔버리는데, 늘 객관적으로 상황을 분석해주니 그는 내게 남은 마지막 이성에 가깝다. 윤지 엄마는 마음이 넓어 누구에게나 공감해주는 능력이 있다. 눈물 많고 여린 그녀지만, 어찌나 해박한지 남편과 윤지 엄마가 한번 대화의 물꼬를 트면 각종 주제로 방대한 토론의 장이 열린다. 그럼 나는 옆에서 처음에는 '우와' 하고 경청하다 결국 집중이 흐려지고 만다. 그런 윤지네 부부가 농사짓는 모습을 보면 너무 우직해서 가끔 답답해 보이기까지 한다. 그 힘든 일을 천직처럼 해나가기에 늘 응원할 수밖에. 정직한 농사를 짓는 것이 얼마나 경이로운지, 씨앗에서 열매가 되기까지 농부의 땀이 얼마나 녹아내리는지, 다는 모르지만 그들을 통해 얼추 짐작해본다. 그 노고를 알기에 날씨가 궂으면 나는 습관처럼 전화를 하게 된다.

"바람이 센데 감은 괜찮아?" "비가 오는데 고추는 어때? 생강은 심었어?"

궁금한 게 걱정 많은 시어머니급이지만 두 사람은 나를 자주 참아준다.

각자 일하다 틈이 날 때 누군가 짜장면 한 그릇 먹자고 단체 채팅방에 톡을 올리면 가능한 사람들끼리라도 모여서 식사를 하고 또다시 쿨하게 각자 일하러 떠나고는 한다. 농사 짓다 온 사람들이니 옷차림은 다들 땀과 흙으로 난장판이다. 그래도 누구 하나 그런 것을 입에 올리는 사람이 없다. 비가 오면 비가 와서 너무 바쁘고, 비가 안 오면 안 와서 바쁜 곳이 농촌이다. 지체할 틈도 없는 농번기에는 잠시 숨이라도 돌리라고 마련되는 자리인 것을 안다. 그저 밥 잘 챙기라는 애정을 주고받고 얼굴 한 번 보는 것으로 서로의 안부를 묻는 식사자리다.

일하다 손만 툴툴 털고 만나도 부끄럽지 않은 친구들. 아니 흙 묻은 손으로 만나도 부끄럽지 않을 친구들이다. 우리 일이 급해도 친구 집 일이라면 자기 일을 미뤄두고 갈 수 있고, 각자 일이 마무리되면 늦게라도 전화해서 혹시 도울 게 있냐고 물어봐주는 친구들.

　　힘들 때 그냥 묵묵히 이야기를 들어주는 친구들. 우리 각자의 삶은 분명 주체적이지만 서로 존중하고 응원하며 살아가니 우리 부부의 시골살이는 든든하기만 하다. 어릴 적, 환상의 존재라고만 생각했던 '지란지교의 친구'는 실존한다.

울타리가 되어준 언니네

중고등학교 때의 나는 참 별 볼 일 없는 아이였지만, 마음 한쪽에는 간호사나 경찰, 군인이 되고 싶다는 꿈이 있었다. 누군가를 돕고 싶은 마음이 가득했고, 출처 모를 뜬금없는 정의감도 바닥에 깔려 있었기에 가능하다면 그 꿈을 향해 가고 싶었다. 하지만 집안 형편이 어려워 꿈은 꿈으로만 간직하려 했다. 그런데 학교 선생님들께서 다들 "넌 작은아버지가 대학은 보내주실 거야"라고 말하며 계속 공부를 놓지 말라고 말하셨다. 아마도 작은아버지께서 선생님들 앞에서 넌지시 내 대학을 책임져주신다는 발언을 몇 차례 하셨나보다. 어른들은 왜 그런 말을 해서 괜히 내 꿈에 풀무질을 했는지……. 그럴 수 없다는 걸 나중에서야 듣게 되었다.

부엌 딸린 단칸 월세방 사는 나로서는 당장 앞뒤 생각할 여유가 한 치도 남지 않게 되었다. 대학에 가지 못한다는 것을 안 이후로 교과서를 아예 보지 않았고 시험공부란 걸 하지 않았다. 몇몇 선생님들로부터 공부하지 않는다고 별별 소리를 들었지만, 어차피 대학도 가지 못하는데 해봐야 소용없다고 판단했다. 그것이 나의 유일한 반항이기도 했다.

그러다 고등학교 3학년 9월에 기관으로 실습을 나가게 되었다. 도립도서관에서 3개월 동안 근무했는데 매일을 울면서 출퇴근했다. 또래 아이들이 가방을 메고 도서관 근처 고등학교로 등교하는 모습을 보기가 힘들었다. 결국 그만두고 전기 관련 교육기관 일자리를 구했다. 전기과 대학생들과 한전, 전기안전공단, 기업체 전기과 직원이 오는 곳이었다. 그곳에서 혜숙 언니를 만났다.

언니는 근처의 다른 사무실에서 근무하고 있었는데, 우리는 각자의 회사에서 애용하던 복사집에서 자주 마주쳤다. 신기하게도 복사할 일이 있어 그곳에 갈 때마다 언니가 있었다. 처음에는 눈인사만 간단히 하던 사이였는데, 정신 차리고 보니 그 복사집에서 근무하는 또래의 언니까지 셋이서 단짝이 되어 있었다.

혜숙 언니는 그 당시 내가 누군가에게 쏟아내지 않고서는 견딜 수 없던 시간들을 다 받아주었다. 끝없는 나의 허풍도, 투정도, 욕지거리도, 잠시 살아내는 걸 그만두고 싶다는 나쁜 마음을 먹었던 순간들까지도. 아직도 나는 언니와 통화하면 "야"부터 던지고 시작한다. '언니'라고 부르지 않아도 전혀 서운해하지 않는다. 이렇게 버르장머리 없이 굴어도 허허실실 웃는 유일한 사람이다. 그 세월이 곧 40년이 되어간다. 우리가 일했던 건물도, 함께 만난 복사집도 다 변했을 텐데, 언니만은 변함없이 나를 옆에서 지켜봐준다.

언니는 결혼하며 인천 주안으로 이사를 갔는데, 나는 언니의 신혼집부터 시작해 이사하는 모든 집들을 내 집처럼 드나들었다. 가고 싶은데, 보고 싶은데 하면 일단 전화하고 찾아갔다. 그만큼 참 많이 의지했다. 지금 생각해도 그 당당함은 뻔뻔스럽기까지 한데, 그 무렵에도 인식은 했는지 은혜를 조금이라도 갚고자 언니가 첫째 주희를 낳았을 때 내가 옆에서 몸조리를 도왔다. 애를 낳아본 적도 없었기에 사실은 가당찮은 용기를 낸 것이었지만 최선을 다해 며칠간 언니와 주희, 형부와 머물렀다. 그 이후로는 꼬물거리는 것이 귀여웠고 자라면서 영특하기까지 했던 주희가 계속 보고 싶어 더 자주 드나들었다. 다행히 언니도 형부도 싫은 내색이 없었다.

답답했던 나의 일상을 벗어던질 수 있었던 피난처이자 쉼터였던 언니. 누구와 가도 무슨 우스갯소리를 해도 다 받아주었던 형부. 어린 시절의 나는 언니와 형부의 믿음으로 채워져 점점 사람이 되어갔다. 보잘것없던 십대 끝자락의 나는 두 사람 덕분에 조금씩 자라나 봐줄 만한 사람이 되었다. 형부는 늘 "우리 처제 고맙다" "우리 처제 대단해"라 말하지만, 나에게 든든한 뒷배가 되어준 두 사람이 있어서 지금의 내가 있다.

느긋하게 굴러가는 마리의 부엌

'마리'가 세례명이냐고 물으시는 분들이 많은데, 사실 마리는 내 별명으로, 인터넷을 시작할 때부터 사용해온 내 초창기 아이디 '꽃마리'에서 따온 것이다. 아주 작은 청보라색 야생화인 꽃마리는 땅으로 자세를 한껏 낮추어야지만 자세히 볼 수 있다. 아주 낮은 꽃, 나를 아는 사람들이 부르기 쉽게 마리라고 하기 시작한 것이 별명으로 굳어졌다.

이 민박집 이름도 내 별명에서 따오게 되었다. 큰 고민 없이 "손님들에게 밥을 지어서 드리니 '마리의 부엌'이 어떨까?" 하고 던졌다가 생각보다 반응이 좋아 엉겁결에 그 이름으로 결정되었다.

민박을 시작하며 남편과 함께 우리가 꿈꾸는 민박집에 대해 여러 날 이야기 나누었는데, 놀러오시는 분보다 쉬러 오시는 분이 많았으면 좋겠다는 말이 항상 이야기의 맺음말이었다. 하루를, 이틀을, 며칠을 그냥 쉬었다 가는 곳이기를. 식사는 밥 때에 맞춰 우리가 차려드릴 테니 펜션처럼 마당에서 고기 굽는 것도 막고, 공용공간인 부엌이나 마당 테이블이 아니면 물 말고 다른 음식물 섭취도 막기로 했다. 본채는 특히나 오래된 시골집이라 벌레 문제도 있고 청결 문제도 있으니 지정장소에서만 드시게 유도하는 것이 좋겠다고 생각했다. 더욱이 술은 식사 때에만 적당히, 공간이 요란하고 시끄러워질 수 있으니 딱 즐기는 정도만 허락하기로 했다.

우리가 여행 다니면서 제일 예민하고 고생하는 지점이 피부에 안 맞는 이부자리와 베개커버, 수건이었기에 이 부분은 여러모로 신경썼다. 이불은 면과 광목으로 맞추고 솜도 묵직하고 포근하게 목화로, 수건도 흰색으로 깔끔하게 준비했다. 그리고 수건과 커버들은 나올 때마다 삶아서 세탁해 손님들이 받아들었을 때 대접받는 기분이 들기를 바랐다.

참고로 방에는 TV나 별다른 전자제품이 없다. 자연 속으로 찾아들어오신 분들인 만큼 도시로부터 벗어나서 충분히 쉬다 가시게 하자는 우리만의 목표였다. 티가 덜 나더라도 우리가 여행자일 때 제일 힘들었던 부분을 정성스럽게 챙기고, 규정은 좀 구체적으로 까다롭게 잡았다. 그래서 일단 오시면 잘 쉬다 가실 수 있기를 바랐다. 아무것도 하지 않고 뒹굴기, 멍 때리며 지내기, 책 읽기, 마당에서 음악 듣기. 우리가 이곳에서 만끽해온 이 느긋한 즐거움을 손님들도 느끼기를 바라며 시작한 민박이다.

모든 사람들이 우리와 취향이 맞다면 성행했겠지만 다행히(?) 호불호가 있는 취향인지 자주 오시고 잘 쉬다 가주시는 몇몇 분들만으로 과하거나 덜하지 않게 운영되고 있다.

우리집은 불편한 민박집이다. 시설도 훌륭하지 못하고, 인테리어라 할 것도 없다. 두 주인장도 입에 착착 감기게 친절하지 않다. 그러니 지내는 내내 여기저기가 모난 돌처럼 불편함이 툭툭 발에 걸릴지도 모른다. 하지만 손님들이 마음의 여유를 품고 지낼 수 있게 진심을 다하고 있다.

고가의 식재료는 아니지만 우리가 직접 채취하거나 동네에서 구매한 신선한 나물들, 시댁에서 유기농 농사로 지은 쌀과 채소, 그리고 우리가 담은 된장과 간장, 고추장을 기본으로 상을 차린다. 음식할 때에는 그 어떤 나쁜 마음도 넣지 않는다. 그렇게 차려내는 소박한 내 밥상은 드시는 이들에게 든든한 한끼가 되고, 때로는 위로가 되고, 때로는 치유가 되어준다. 이 과정에서 우리와 입맛이, 마음이 맞는 이가 생긴다면 가끔씩 안부 전하며 어디서든 함께이고 싶다.

아직은 미래의 일이지만, 아이가 대학을 졸업하면 손님

수를 줄여서 그때부터는 우리에게 더 집중하자고, 쉬는 날을 늘려서 여유를 가져보자 했다. 나는 밥 짓는 일이 무엇보다도 좋다. 남편은 대화가 잘 통하는 사람과 이야기하기를 좋아한다. 그래서 '마리의 부엌'은 우리 부부가 선택한, 우리에게 제일 잘 맞는 '일'이다. 그러니 이 일을 지치지 않고 오래하고 싶다. 오시는 분들에게 안식처가 되기 위해서는 일단 우리가 행복하고 여유로워야 한다는 걸 잘 알고 있다.

골담초꽃떡

준비물
골담초꽃, 습식 쌀가루,
소금, 설탕

① 골담초꽃을 흐르는 물에 씻은 뒤 물기를 뺀다.

② 습식 쌀가루 800g을 체에 두 번 정도 쳐 곱게 내린다.

③ 쌀가루에 소금 조금, 설탕 한 큰술을 넣고 섞은 뒤 씻어둔 꽃을 넣고 한 차례 버무린다.

④ 냄비에 물을 올리고, 대나무찜기에 면보나 실리콘 시트지를 깔고 그 위에 ③번을 올린다.

⑤ 물이 끓으면 냄비에 ④번을 올려 20분 동안 찌고, 불을 끈 상태에서 10분 정도 뜸을 들인다.

골담초꽃을 따다보면 여지없이 가시에 손 한두 군데 또는 여러 곳이 할퀴어진다. 그러면서도 요 며칠 우리를 찾아오는 손님들에게 골담초꽃으로 요리를 해드릴 수 있다는 생각에 한 송이 한 송이 싱싱한 것만 따넣는다. 그 작업을 할 때면 순수하게 요리할 생각에 기분이 좋아 고단함이 없어진다. 물론 작업을 다 끝내고 돌아와서는 하루이틀 여기저기가 따끔거리지만 이 정도 수고로움은 충분히 감수할 만큼 즐거운 일이다.

골담초꽃떡은 올해 처음 만들어보았는데, 달콤하고 사각거리는 식감이 너무 좋아서 틈틈이 따온 꽃으로 두어 번 더 만들어 냉동해두었다. 고맙고 감사한 사람, 우리랑 결이 맞는 사람들과 함께 있어 좋을 그 시간에 음식을 나누고 싶다는 나의 욕심이 또 이렇게 나를 바쁘게 했다.

밥 한 그릇은 하찮고 사소한 것일지도 모르지만, 누군가를 위해 밥을 짓는다는 것은 나를 내어주는 작업이다. 무엇을 만들지 고민하고, 그다음 식재료가 어디 있는지 찾아나서고, 발견하고, 먹어줄 사람들을 생각하면서 채취하고 밥을 짓는 이 모든 과정이 내게는 신성한 기도의 시간이다.

누군가 이 마음을 알아주기를 원한 적 없고 내세운 적 없지만, 내가 내어준 식사를 하다 배가 아닌 속을 채우는 사람을 봤고 우는 사람도 자주 봤다. 나중에 그분들에게 이유를 물어보면 대부분 대단한 게 아니라 자기를 위해 치려진 밥 한 그릇이 그저 너무 고맙다는 거였다. 온전히 받아먹는 밥. 그렇게 우리는 서로에게 치유를 받는다. 모든 이와 교감하길 원하는 건 아니다. 몇몇 사람과 같은 파동을 느끼고, 그 파동 위에서 그 안에 담긴 진심을 알아주는 것. 그걸로 난 만족한다.

내년 봄, 4월 중순에도 이변이 없는 한 나는 또 골담초 꽃을 따서 밥을 짓고 떡을 찔 거다. 나의 자유로운 삶 속 내가 선택한 기쁜 수고로움을 기꺼이 행하면서.

겁없이 달렸던 여행길

우리는 그동안 일본이나 동남아시아 등 인근 국가들을 주로 여행했다. 하지만 언젠가 1년이나 2년쯤 꼭 장기 여행을 가자고 남편과 틈날 때마다 약조했다. 잊어버리면 큰일나는 것처럼 수시로 되뇌었다. 남편은 몰랐겠지만, 사실 나는 그 어느 날 모든 걸 다 털고 남편과 같이 세상을 떠돌다 이름 모를 길에서 죽어도 좋겠다고 생각했다. 아이에게는 참 미안하고도 무책임한 엄마다. 그런 나를 아는지 모르는지, 항상 연락을 주고받는 친구가 제안을 하나 했다. 자기가 공부한 독일을 우리에게 소개해주고 싶다며, 운전도 해줄 테니 같이 맛있는 것도 먹고 멋진 곳도 가게 당장 놀러오란다.

최대한 휴일을 긁어모아보니 10일 정도가 가능했다. 그래서 덜컥 독일 뮌헨을 오가는 왕복 비행기표를 예매하고, 뒤이어 우리가 타고 다닐 차량까지 예약하는 사태가 벌어졌다.

그런데 친구 부부 가운데 남편이 갑자기 입원하게 되었다. 정밀 검진을 받아보니 크론병이었단다. 자가면역질환으로 장쪽에 언제 궤양성 질환이 재발할지 모르는 병. 결국 그분들은 여행을 취소할 수밖에 없었고, 나는 그날부터 남편에게 주문을 걸었다.

"당신은 어디에서라도 운전할 수 있다!"

길은 내가 어떤 방법으로든 찾을 테니, 당신은 운전만 하면 된다고. 이번에야말로 오래전부터 마음먹은 장기 여행을 시작할 수 있을 것 같았다. 나의 말이라면 어김없이 들어주는 남편은 역시나 나의 주문에 제대로 걸려주었고, 그렇게 어린 딸과 함께 우리는 생경하고도 멋진 곳으로 무작정 떠나게 되었다.

독일 뮌헨에서 하룻밤 묵고, 스위스에 있는 지인의 집에서 3일을 지내고, 오스트리아 고사우에서 3일, 나머지 3일을 다시 뮌헨에서 지내는 일정이었다. 지금이라면 한 도시에 오래 머무르는 것을 택했겠지만 그때는 여행지를 조금 더 다양하게 보고 싶은 욕심이 앞서 있었다. 그 설렘 덕분에 긴 비행 시간도 지루하지 않았다. 두 번의 기내식도 굉장히 맛있게 먹어 치웠다. 아이에게 제공된 키즈 밀과 그에 딸려온 선물에 아이는 감동까지 했다. 모든 게 신기하고 새로워 우리 마음은 여행이 시작되기 전부터 이미 흥분으로 가득 채워졌고, 뮌헨 공항에 도착한 것만으로도 우리의 여행이 마냥 재미있었다.

공항에 위치한 렌터카 회사에 예약 메일을 보여주니 보험에 대한 설명과 함께 무슨 일이 생기면 연락하라고 연락처를 건네주었다. 그러고는 사고가 나면 꼭 '폴리스 리포트'를 작성해야 한다고 이야기했다. 나는 '영어도 미숙한 우리가 전화를 하겠니. 폴리스 리포트는 어찌저찌 적겠다만…… 말하기보다 쓰기가 더 능숙한 게 한국 사람이야. 전화번호는 필요도 없네, 이 사람아'라며 속으로 웃었다.

곧 자동차 키를 들고 나오신 분이 우리와 함께 지하주차장으로 가서 우리가 몰 차를 보여주었다. 포드 몬데오. 우리의 첫 해외 렌터카. 우리가 너무 흥분한 탓인지 원래 그런 건지 모르겠지만, 키를 건네받고 차량에 대해 별다른 안내사항 없이 직원은 외관의 이상 없음만을 확인하고 휙 떠나버렸다. 한국에서 빌려온 내비게이션을 장착하고 두근거리는 마음으로 지하를 나섰다. 사방은 어둑했고 내비게이션은 방금 막 지하에서 나와 위성을 찾아 헤매느라 현재 내 위치를 찾지 못했다. 버튼식 차를 처음 운전해보는 남편은 라이트를 켜기 위해 버튼들을 이것저것 눌러보았지만 끝내 라이트를 켜지 못한 채 어둠이 내려앉은 밤의 낯선 도로를 달려야 했다. 나는 남편에게 목적지가 뮌헨이니 일단 이정표를 보며 가자고 했다.

섭세하고 예민한 남편과 모든 것에 '어떻게든 되겠지' 하는 나는 여행길에서 그 성향 차이가 더욱 도드라진다. 잔뜩 긴장한 남편은 기어코 20여 분 만에 라이트를 찾아 켰고 이윽고 내비게이션 화면에는 미리 입력한 숙소를 가리키는 화면이 반짝였다. 그후로 10분 뒤 우리는 예약한 호텔 앞에 차를 세울 수 있었다.

"아니 사람이 말이지, 어떻게 한 번도 헤매지 않고 낯선 언어의 나라에 와서 숙소를 단박에 찾을 수 있어?"

우리는 스스로를 칭찬하며 어색한 웃음을 지었다. 긴장을 풀기 위해 늦은 밤이었지만 수다스러움도 마다하지 않았다. 남편은 긴장해서 말도 제대로 못 했고, 나는 그저 '뮌헨'만 보고 가라고 고장난 기계처럼 같은 말만 반복했던 그날 저녁만 생각하면 아직도 웃음이 나온다. 첫 유럽여행을 겁없이 렌터카 여행으로 시작한 우리는 해외여행에서 운전을 하면 얼마나 많은 요소들이 만족스러운지, 얼마나 많은 소도시를 마음껏 볼 수 있는지를 알아버렸다.

이때 우리 여행이 즐겁지 않았다면 어땠을까? 여행을 많이 다닌 지금이야 그런 여행도 여행이라고, 그날의 불안했던 감정도 여행의 일부라도 말할 수 있지. 하지만 만약 이때 여행이 힘들기만 하다고 생각해버렸다면, 그래서 소소한 여행지의 매력을 무심히 지나쳐버렸다면 이 뒤에 펼쳐졌던 수많은 여행길과 그곳의 사람들을 만나지 못했겠지. 그렇게 생각하면 그날 용기 내서 자동차를 빌리고 직접 운전해서 여행하기를 참 잘했다고 생각한다.

뭐가 걱정이야

잔뜩 긴장했던 첫날 밤이 지나고, 둘째 날 우리는 곧장 스위스 외곽으로 향했다. 우리집에 몇 차례 손님으로 왔던 레온이네 가족이 사는 동네였다. 레온의 아버지는 스위스 사람으로, 그들 가족은 한국에 살다가 스위스에 집을 지어 이주했는데, 떠나기 전 우리에게 스위스와 한국을 오가며 집을 짓는 과정을 들려준 적이 있었다. 그러면서 이번에 게스트룸도 지으니 혹시 스위스에 오게 되면 꼭 방문해달라 말하곤 했다. 빈말이라도 고마웠지만 여행을 떠나기 전 혹시나 싶어 레온이네 어머니 편으로 연락을 걸었다. 곧 뮌헨으로 가게 되었다고 말했더니 고맙게도 너무 반가워하며 단 며칠이라도 자기네 집에서 묵으라고 흔쾌히 제안해주었다. 날짜를 미리 알려주면 레온 아빠도 휴가를 내라고 할 테니, 동네를 다 같이 구경하자는 말도 함께였다.

그렇게 미리 받아둔 주소지를 내비게이션에 찍고 스위스로 향하던 우리는, 아니 남편은 또 한번 위기를 맞아야 했다. 인가도 없는 시골길에서 갑자기 내비게이션의 배터리가 꺼져버린 것이다. 남편은 또다시 초조함에 경직된 채 표지판에 의지하는 신세가 되었고 나는 애써 그를 토닥이기를 한참, 곧 우리 눈앞에 커다란 호수가 펼쳐졌다. 그리고 '물 위에 떠 있는' 사람들이 보였다. 멋지게 수영하는 게 아니라, 말 그대로 몸을 물에 의탁한 채 머리만 내밀고 떠 있었다. 그 멋진 풍경에 식은땀을 흘리는 남편은 뒤로한 채 나와 아이는 호수를 정신없이 구경하느라 바빴다. 여유로운 사람들의 풍경과 다급한 남편의 대비가 제법 재밌었지만 남편이 안쓰러워 차마 내색하지는 못했다.

호숫가는 나름 그 지역의 명물이었는지 그 주변으로 몇몇 상점가가 보였다. 허기질 시간은 이미 지나버렸지만 어차피 내비게이션을 충전하기 위해 몇 시간 차를 세워둬야 했으니 일단 식당에 들르기로 했다. 남편은 맥주 한 잔으로 잠시 숨을 돌리며 한참을 바깥만 바라봤다. 그러고는 긴장이 좀 풀렸는지 호수가 있었냐며 본인이 얼마나 긴장한 채로 달렸는지 이제야 실감 난다고 말했다. 반면 오는 내내 차 뒷좌석에서 너무나도 태연하게 있었던 아이가 생각나 물었다.

"너는 어쩜 그렇게 여유 있게 있었니? 초행길에 지도가 사라져버린 건데.”

“아빠가 운전하고 그 옆에 엄마가 있는데 무슨 걱정이야.”

아이는 대수롭지 않게 대답하고는 작은 입안 가득 피자 조각을 밀어넣었다. 그래, 아이 말이 맞다. 우리 셋이 있는데 뭐가 걱정이겠는가. 만약 그날 밤 레온이네를 찾지 못했다면 그냥 차에서 다 같이 옹기종기 붙어 자거나 어디 숙소를 찾아 하룻밤 잤겠지. 아마 아이는 너무 어려서 우리가 운전해 가야 하는 곳이 얼마나 먼 곳인지 몰랐던 것 같다. 어른들에게는 제법 큰 모험이었는데 말이다. 우리를 응원하려던 의도가 없었을지는 몰라도, 아이의 말을 듣고 나니 잔뜩 긴장한 우리 모양새가 우스워졌다. 마음 편하게 가자, 몇 시간 뒤면 내비게이션도 다시 돌아올 텐데 뭐.

아이의 ‘뭐가 걱정이야’ 마법이 힘을 발휘했는지 예정보다는 제법 늦어졌지만 우리는 무사히 레온이네 집에 도착할 수 있었다. 주차하고 보니 레온 아빠는 마당에서 바비큐 파티를 준비하고 있었고, 레온 엄마가 한달음에 달려와 우리를 반갑게 맞아주었다. 레온이와 딸은 서로의 얼굴을 보자마자 곧장 풀밭에서 한바탕 신나게 구르며 회포를 풀었다. 어른들 역시 푸짐한 저녁상으로 배를 채우고는 첫날 밤을 보냈다.

다음 날 아침, 레온 아빠는 갓 구운 빵을 사와 우리의 아침을 차려주었고, 근처에 자리한 센티스산으로 소풍을 가자며 피크닉 바구니를 준비했다. 센티스산은 우리가 처음 제대로 마주한 스위스의 모습이었다. 케이블카를 타고 올라간 산 전망대에서 펼쳐진 웅대한 풍광에 아이는 영화 〈사운드 오브 뮤직〉 속에 들어온 것 같다며 흥분을 감추지 못했다. 잘 정돈된 자연경관도 놀라웠지만 개인적으로는 조용조용히 질서를 지키며 각자의 시간을 즐기는 사람들이 인상적이었다. 그곳의 모습이 스위스 전체의 모습이라 말할 수는 없겠지만, 그 여유로운 면모는 분명 고요한 자연과 더불어 살아온 사람들 특유의 성품이지 않을까.

레온이네 가족 덕분에 우리는 스위스의 작은 마을과 라인폭포도 방문할 수 있었다. 강줄기 아래에서 현지인처럼 물놀이도 즐기며 3일 내내 융숭한 대접을 받았다. 마지막 저녁, 아이는 "나도 말없이 모든 걸 배려하고 친절한 레온 아빠를 갖고 싶다!"는 어이없는 말로 우리 모두를 웃게 했고, 어린 레온이는 언니와 헤어지는 게 아쉽다며 눈물을 흘렸다. 지금은 스위스에 완전히 터를 잡았으니 그들 가족이 한국에 오는 일이 극히 드물어졌지만, 기회가 되는 대로 꼭 다시 보자고 약조를 남겼다.

우리는 무엇을 보기 위해 또는 무엇을 먹기 위해 여행을 떠나지 않는다. 우리가 온전히 함께하는 시간을 경험하기 위해 여행을 떠난다. 그렇기에 우리 여행은 항상 만족스러울 수밖에 없다. 더욱이 이제 내 여행 파트너는 남편과 아이뿐만이 아니다. 레온이네처럼 손님 인연으로 만난 사람들을 보러 현지로 떠나기도 하고, 손님으로 만난 인연들과 함께 낯선 곳으로 떠나기도 한다.

간단히 말하지만 사실 모두와 여행이 가능한 것은 아니다. 여행을 바라보는 자세도 같아야 하고, 서로를 이해하고 배려하는 마음이 있어야 한다. 물론 낯선 곳으로 기꺼이 뛰어들 줄도 알아야 한다. 운 좋게도 그런 사람들이 매해 잔뜩 나타나 언제든 떠날 준비만 하면 되니, 우리는 참 행복한 사람임에 틀림이 없다.

함께하는 순간을 품은 생강청

생강 향을 참 좋아하는 나는 도시에 살 때에도 유기농매장을 운영하며, 그곳에 들어오는 각종 생강청 시제품이나 갈아서 설탕에 재운 수제품을 먹어보곤 했다. 하지만 그 어떤 제품도 내가 원하던 향을 품지 못했다. 그러다 정말로 마음에 드는 제품을 우연한 기회에 만나게 되었다. 여기저기 음식에 넣을 수 있을 정도로 생강 향이 강하고 단맛도 은은해 딱 내가 원하던 맛이었지만, 전분을 그대로 둔 탓인지 조금 텁텁했고 시간이 지나면 아래가 제법 많이 굳었다. 그래서 한번 직접 만들어볼까 싶어졌다. 이상적인 맛을 가진 샘플이 있으니 맛을 구현하기가 그렇게 어려울 것 같지 않았다.

전분 문제는 몇 번의 시행착오를 거쳐 해결했다. 생강을 착즙한 뒤에 전분을 반나절 가라앉히니 그 현상이 없어진 것이다! 내가 만든 생강청을 먹어본 친구가 자기도 만들어달라고 요청한 후로 본격적인 '김랑표 생강청'을 담그기 시작했다.

귀촌한 첫해 가을, 남편이 일을 나갔을 때 나는 집에서 생강청을 만들었다. 앞서 말한 대로 생강을 착즙해서 전분을 가라앉히고, 다섯 시간을 저어가며 달이면 포장까지 꼬박 3일이 걸렸다. 그렇게 만든 생강청은 지인들이나 도시에서 가게 할 때 인연이 된 분들께 주문을 받아 팔았다. 그런데 우리집 숙박 손님들도 기념 삼아 사가면서 해를 거듭할수록 생강청이 입소문을 타기 시작했다. 지인 위주로 팔던 상품이 점차 내 손이 닿지 않을 사람의 입에까지 들어가게 생기자, 양이 많든 적든 안전을 위해 제조허가를 냈다.

몇 해 전부터는 남편까지 합류해 1년에 열세 번에서 열다섯 번 정도 생강청을 만든다. 과정은 한 통 두 통 만들 때와 크게 다르지 않다. 생강 50킬로그램으로 만든다는 것만 제외하면. 포대로 산 생강을 하나하나씩 쪼개고, 남편이 1차로 세척해오면 둘이서 달려들어 덜 닦인 흙을 파내며 손질한다. 다시 수차례 세척을 반복하고는 칼로 쪼개어 분쇄한 뒤, 착즙기로 내리고 반나절 전분을 가라앉힌다. 씻은 생강을 믿지 못해 미련스럽게 수작업을 고집하던 남편은 혼자서는 안 되겠는지, 이제 주말마다 우리보다 더 깔끔하고 꼼꼼한 아랫집 언니에게 도움을 청하고는 했다.

전분 침전물을 제거한 생강물에 유기농 설탕을 넣어 다섯 시간 저어주며 달이는 과정 역시 손으로 한다. 교반기를 사라고 지인들은 말했지만 남편은 자기 손으로 저어서 만들고 싶다고 했다. 할 수 있는 한 끝까지 자기 손으로 젓겠다고. 수원에서 채식 다이닝을 운영하는 어느 대표님이 그 모습을 지켜보시더니, 남편이 이 생강청에 온 기운을 넣는 것 같다고 하셨다.

수작업을 고집한 덕분에 드시는 분들은 부담될 수도 있는 판매가로 책정되었지만, 막상 원재료비와 포장재값을 빼면 한 통 팔아야 두 사람의 3일치 인건비가 겨우 나온다. 게다가 그 인건비는 아침부터 밤까지 야간 수당도 없이 일해서 맞추는 값이다. 그 사실을 아는 분들은 가끔 가격을 더 올리라고 하지만 그러고 나면 내 마음이 돈보다 더 불편해질 테다.

1년에 열다섯 번이 우리 체력의 마지노선이고, 한두 달은 생강청 판매한 돈으로 먹고살 수 있으니 딱 그만큼만 해야 한다. 더 욕심내면 숨이 차서 언젠가 생강청 만드는 걸 아예 포기할지도 모른다. 내가 그러고도 남을 사람임을 남편은 안다. 그래서 늘 말한다.

"무엇이든 집사람이 할 수 있는 만큼, 하자는 만큼만 할 거예요. 이 사람이 힘들면 안 되니까요. 저요? 저는 얼마든지 할 수 있죠."

남편이 무책임하거나 공처가라서 입에 발린 소리로 하는 말이 아니다. 우리는 뭐든 함께여야 시너지효과가 나타나는 사람들이라서 혼자 일하지 말자는 마음인 것이다. 처음에는 이 말이 참 부담스럽고 미안했는데, 일에 대한 부분만큼은 남편이 내 판단을 믿어주는 셈이다. 덕분에 우리는 모든 일에 있어 어느 선에서 그만할 줄 알고 숨이 차지 않게 조절이 가능하다. 기도하는 마음을 가득 담아 손으로 만든 이 생강청이 누군가에게 조금이라도 이롭기를 바라본다.

단아하게 나를 부르던 당신께

작은 키에 짧은 머리를 한 엄마는 겉으로 보면 단아하고 차가운 이미지였지만, 이야기를 나누면 누구보다도 먼저 눈가가 붉어지고 목소리가 젖어드는 사람이었다. 손에는 늘 한문책이 들려 있었고 틈나면 하루에도 몇 번씩 필사를 하셨다. 이차방정식이 재미있다며 종종 자식들에게 문제를 내어주는 독특한 취미도 가지고 계셨다.

혼자된 엄마를 위해 외삼촌이 사다주신 일제 라디오는 늘 켜져 있었다. 덕분에 나는 각종 노래들, 특히 엄마가 허밍으로 날려 보내는 가벼운 클래식 또는 번안된 가곡을 익숙하게 듣고 자랐다. 가곡을 어찌나 좋아하셨는지 엄마는 노래방에서도 높은 음역대의 목소리로 〈가고파〉나 〈동심초〉를 맑게 부르셨다. 우리가 자라면서부터는 늦은 시간에 방송되는 라디오 프로그램 이종환의 〈밤의 디스크쇼〉와 이문세의 〈별이 빛나는 밤에)를 세 모녀가 함께 사수했다. 여자 셋이서 투명한 커튼으로 어둠을 가리듯, 악 소리 나게 힘겨운 시간을 음악으로 가리며 견디어냈다. 그래서일까, 지금도 습관처럼 마당 가득히 음악을 채우고 나면 손가락 사이로 드는 햇살보다 그 음악들이 따스할 때가 많다.

하지만 커튼으로 덮어도 인생의 부침이 사라지는 건 아니었다. 참아온 세월만큼 엄마의 몸 여기저기에는 각종 병들이 생겨 큰 수술을 여러 차례 받으셔야 했다. 살아오며 겪은 현실의 끔찍한 고통에 비하면 이쯤이야 가볍다는 듯 장기를 들어내는 수술이 수년에 한 번 꼴로 이루어졌다. 큰 고비들을 넘기면서도 엄마는 중환자실에서도, 일반 병실에서도 아프다는 소리 한 번 내지르지 않고 고통을 다 참아내셨다. 그 모습이 바윗덩이 수십 개를 삼키는 듯 아파 보여 오히려 내가 울었다. 아프고 힘들다고 이야기하라고, 남들처럼 너무 아프다고 통증을 입 밖으로 내뻗으라고 애원해도 그저 하염없는 눈물을 강물처럼 흘려가며 참으셨다.

엄마, 당신은 행복하셨나요? 인생은 당신에게 눈이 부셔 쳐다볼 수 없는, 환한 분홍색 봄날이었을까요? 난 당신에게 고마운 게 무척 많아요.

매서운 굶주림 속에서도 돈에 얽매이시지 않아서 지금

의 내가 돈을 앞세우지 않을 수 있었어요. 엄마는 지나가는 동네 어르신들에게 목이라도 축이시라 막걸리 한 사발을 독에서 휘휘 저어 굵은소금과 함께 내어주셨고, 소풍이나 운동회 전날 밤이 되면 동생과 내게 이웃집에 과자 하나라도 갖다주는 심부름을 보내셨지요. 그래서인지 엄마, 저도 무엇이든 나누는 걸 배웠어요. 하나로 둘이 먹어 배부른 것보다 열 명이 쪼개어먹는 기쁨을 그때 맛본 것 같아요.

　기억나시나요? 초등학교 3학년 때, 아버지 제사장을 보고 방앗간에서 떡을 짓고 돌아온 늦은 밤. 몸집이 작은 여자 셋이 사진도 없이 지방 하나 겨우 적어두고 차린 제사상에는 떡과 조기 한 손, 과일 하나, 막걸리 한 사발, 우리 삶만큼이나 흔들리고 희미했던 촛불이 붙은 양초 두 자루 그리고 온 방을 가득 채운 향냄새뿐이었지요. 그 모든 게 싫지 않았던 데에는 내일이면 저 떡을 먹을 수 있다는, 잿밥에만 눈길이 돌았던 어린 마음이 있었지요. 그런데 다음 날 학교를 다녀왔더니, 말 그대로 콩고물조차 흔적이 없어 당신께 떡의 행방을 물었지요. 그러자 너무나 당연하다는 표정으로 이웃에게 다 나눠드렸다 말하는 당신의 말투가 그때는 얼마나 야속하던지. 너무 화가 나고 배가 고파 울면서 따졌지요. 배고픈 딸보다 남이 더 중요하냐고, 어른들이 뭐 그리 대수냐고, 어찌된 엄마가 자식은 안 챙기느냐고요. 떡은 내가 해왔는데 왜 엄마가 나눠주느냐며 별별 트집을 다 놓아도, 엄마는 그저 커다란 눈만 껌벅이며 이분 저분 드리느라 그 많던 떡이 다 없어져서 당신도 못 드셨다고 이야기했지요. 참 당신은 속도, 계산도 없는 사람이셨지요. 수학을 잘해서 옆 남고에까지 소문이 났었다는 건 다 거짓부렁인 듯했습니다.

하지만 엄마, 저는 엄마에게 미안한 것도 참 많아요. 초등학교 6학년이 되었을 때였지요. 살길은 점점 막막해지고, 진학에 대한 고민도 생겨나던 중에 엄마의 선배님께서 타일 공장에 타일 선별 일을 알아봐주셨지요. 첫날 그곳에 다녀온 엄마는 허공에 빨간 먼지도 너무 많고 작업이 힘들었다며 다시는 가기 싫다고 했고요. 그 말에 나는 내가 중학교라도 나와야 실업계 야간이라도 가서 동생을 학교에 보내지 않겠냐고 말했어요. 그러니 중학교는 졸업시켜달라고요. 그리고 다음 날 아침, 당신은 울면서 자전거를 타고 집을 나섰지요.

나는 그런 당신을 보며 미안하거나 애잔함을 느끼기는커녕 하늘로 떠난 할머니를 부르며 울었어요. 왜 나를 같이 데리고 가지 않아 이렇게 살게 하냐고. 할머니 없이 누가 책임지고 살아줄까 걱정된다고, 당신 죽을 때 같이 죽자던 할머니는 왜 내가 잠깐 나간 사이 혼자 죽어버렸냐고. 그저 쨍한 하늘만 쳐다보며 짐승처럼 울부짖었지요.

그때는 정말 몰랐어요, 엄마. 언 땅에 서 있는 쓸쓸한 나무보다 더 쓸쓸하고 고독했을 당신의 세월들을. 때 묻지 않고 순수해서 누구에 대한 원망도, 미움도 내뱉지 못했던 사람. 푸르디푸른 나이에 남편을 여의고 어린 두 딸과 버티느라 그긴 세월 온몸에 암을 만든 사람.

당신이 서울 병원에서 암 말기 판정을 받고, 계단 난간에 주저앉아서 토해내었던 피 같았던 내 눈물들을 당신이 볼까봐 하릴없이 허공만 헤매다 병실로 돌아갔지요. 상황을 설명하며 치료를 원하면 할 수도 있다니 당신은 집으로 가고 싶다고 했어요. 한 달이든 세 달이든 너희 옆에서 살다가 가고 싶다고요. 남은 시간을 지금처럼 손자 손녀들과 소란스럽게 웃고 떠들썩하게 지내다 가고 싶다 했지요.

마지막까지 당신은 동생과 나에게 이 세상에 너희 둘만 남겨둬서 미안하다고 했어요. 당신 죽을 때 장례비가 없으면 안 되니 돈을 남겨야 한다며 통장의 돈을 수시로 확인하더니, 어느 날 갑자기 세례를 받고 싶으니 성당에 가자고 했어요. 그 속내를 우리에게 비치지는 않았지만 이미 짐작했어요. 우리가 힘들지 않게 하려는 배려였다는 것을. 당신이 가버리는 그 길 뒤에 우리가 힘들까봐 미리 하느님께 부탁하시는 거라는 것을. 마지막 갈 때조차도 우리를 위해 이야기하다 조용히 눈감아버린 당신.

엄마를 아는 모든 사람들은 우리에게 대신 마지막 인사를 하며 엄마는 처음부터 천사셨다고 입을 모아 이야기했다. 신부님은 엄마가 떠나는 날, 모두가 원하는 천국의 문이 열리고 천사가 떠나셨다 말했다.

그러면 뭐 하나, 나의 어머니는 그렇게 총총 가버리셨는데. 나는 뒤늦게 알았다. 눈물이 가득차면 흘러내리는 것이 아니라 물에 잠기듯 숨이 막힌다. 그리움은 마음 위로 쌓이는 것이 아니라 속으로 파고들어 일상을 무너뜨린다. 사람은 먼지 하나에도 울 수 있다. 멀쩡히 길을 걷다가도 통곡할 수 있다. 몇 년 동안은 하늘을 볼 수 없다. 보이고 들리는 모든 게 고통의 그리움이었다. 이 모든 걸 그제야 알았다.

그 어떤 조건도 이유도 상황도 설명도 필요 없이 딸이라는 이유 하나로 세상 모든 것으로부터 나를 지켜줄 유일한 내 편이, 이제는 없다. 예전에는 나의 오만함으로 내가 우리 가족의 모탕인 듯 스스로에게 생채기를 내며 살아가고 있나 생각했지만 알고 보니 엄마가 우리의 모탕이었다. 그렇게 내 편은 가고 나는 살아남아 숨을 쉬고 밥을 먹고 걷는다. 나는 엄마 당신 때문에라도 함부로 살지 않을 것이고, 쉽게 살지 않을 것이다. 아직도 떠올리면 말보다 눈물이 먼저 흐르지만 예전처럼 가슴이 뜨겁게 아프지는 않다.

랑아, 진아, 나와 동생을 부르던 그 목소리. 단아하고 깔

끔해서 옥잠화 잎사귀에 떨어지는 빗물 같았던 그 목소리가
아직도 가끔 환청으로 나를 흔든다.

홀로 청아했던 나의 엄마. 엄마, 나는 알아요. 어느 날 이
세상에서의 마지막날, 내가 무섭거나 두렵지 않게 당신이 마
중나올 거란 걸요. 손 내밀어 내 손을 잡아줄 거란 걸요. 그때
는 반갑게 봐요. 그때까지 나는 지금을 살겠습니다.

쑥버무리

준비물
생쑥, 습식쌀가루,
소금, 설탕

① 습식 쌀가루 800g에 소금을 반 큰술 넣고 섞은 뒤 체를 두세 번 친다.

② 쑥을 깨끗이 씻어 물기를 한 차례 빼둔다.

③ 찜기 올릴 냄비에 물을 넣고 끓인다.

④ ①번 볼에 설탕 네 큰술을 넣고 섞어준다.

⑤ 적당히 물기가 남아 있는 쑥을 ④번에 넣고 섞은 후 대나무찜기에 면보나 시트를 깔고 섞인 쑥버무리를 올린다.

⑥ 물이 끓으면 찜기를 얹고, 20분 후 불을 끄고 10분 정도 뜸을 들인다.

"여보, 쑥버무리 한번 해줘. 그럼 소원이 없겠다."

이 남자 분명 쑥버무리를 먹으면서 또다른 걸 이야기할 것이 분명한데, 그건 또 무슨 소원일까. 소원 생성기가 남편의 의식 속에서 늘 작동되고 있는 게 틀림없다. 그게 아니고서는 어쩜 저리도 끝없이 소원이 튀어나올까. 20년 넘게 살면서 가만 보니, 소원 풀이를 끝내기도 전에 뒤도 돌아보지 않고 새로운 소원이 생긴다.

"근데 당신 할 줄 알아?"

"해보지 뭐."

일단 방앗간 쌀가루가 필요할 것이고, 쑥은 있으니 씻어서 버무리면 되겠지. 질면 떡이 될 거고 안 되면 다시 찌는 거다. 익었는지는 젓가락 찔러보면 되지! 난 포슬포슬한 걸 좋아하니 세 번 정도 아주 곱게 체를 치기로 했다. 그러고는 씻어둔 쑥과 함께 쪄내니 내가 딱 원하던 식감의 쑥버무리가 완성되었다. 어느새 옆에 와 맛을 본 남편은 이렇게 말했다.

"그래, 이거야. 이렇게 쑥향이 짙어야지! 당장 누구 부를 사람 없을까?"

원래 무언가를 항상 나누고 싶어하던 쪽은 나인데, 이제는 어찌된 게 좋은 게 있으면 항상 남편이 다른 사람들과 같이 먹고 싶어한다.

"따뜻할 때 당신부터 먹고, 다음에 누굴 불러 먹지 뭐."

둘이 마주앉아 뜨거운 쑥버무리를 손으로 뜯어 호호 불며 입으로 가져가면서 맛있다고 좋아했다. 적당히 먹다보니 남편의 입에서 옛날이야기가 절로 나온다.

"여보, 나는 어릴 때 어무이가 맨날 쑥을 캐오라 하셔서 싫었어. 그럼 매일 쑥국, 쑥떡, 쑥털레기(어른들은 버무리를 '털레기', '털털이'라고도 불렀다)를 먹어야 했거든."

방금 전까지만 해도 쑥버무리를 먹는 게 소원이라던 남편은 사실 어렸을 적에 감자나 고구마, 밤 같은 것을 질리도록 캐다 먹으며 자랐기에 어디 가서 누가 그런 음식들을 권하면 사양하기 일쑤다.

반면에 나는 쑥 캐는 것을 무척 좋아했다. 초등학교 때 엄마랑 살게 되면서, 친구들이 매해 봄철에 둑 아래서 쑥을 캐는 것을 보았다. 그래서 나도 덩달아 쑥을 캤다. 어릴 때였지만 지금도 그날들이 생생하다.

깨끗한 쑥을 캐려고 아무도 다니지 않는 가시나무 울타리 아래쪽에서 쑥을 열심히 캐다보면, 손톱은 점점 까매지고 바구니 가득 쑥이 차올랐다. 캐내어진 쑥 밑동에서는 더욱 진한 향이 났다. 그래서 언제나 손에 한 줌 가득 쥐고 코로 냄새를 맡곤 했는데, 그럼 외삼촌 한약조제실 냄새가 났다. 우리 집 생활이 힘들다보니 방학 때면 나는 늘 외가에 가 있었다. 그 시절 내가 힘들 때 다시 돌아가고 싶었던 집, 가고픈 집은 사실 엄마 집이 아니라 돌아가신 할머니와 내가 살던 집이었다. 상상으로나마 그곳에 다녀올 수 있는 쑥 캐는 시간이 좋았다.

특히 쑥을 캘 시기쯤엔 탱자나무에 야들야들한 잎들이 소란스럽게 맺히고 열매와 새순이 넝쿨손을 슬쩍 내밀어갔다. 가시나무 건너편 부추밭에는 초벌 부추의 빨간 끝이 뾰족 나오다 초록으로 변해가고, 하루하루 찔레순 여린 마디마디에 봄이 서로 앞을 다투는 게 보여서 심심할 사이가 없었다. 그렇게 쑥을 캐는 건지 노는 건지 모를 시간을 보내곤 했다.

그런데 엄마는 내가 쑥을 캐가면 늘 소쿠리를 탁 하고 텃밭에 엎어버리셨다. 나는 굴하지 않고 매번 쑥을 캐왔기에, 해마다 내가 쑥을 캐오면 엄마는 그걸 내다버리고를 반복했다. 그러던 어느 날 우리집에 놀러온 외숙모가 그 광경을 보시고는 그걸 왜 버리냐며 엄마를 타박하고는 내게 기특하다고 말해주시는 거다. 그러고는 이걸로 쑥국 해 드시겠다며 쑥을 가져가셨다. 그 말이 너무 기뻐서 캐둔 거 시들지 말라고 소쿠리에 물을 뿌려놓고는 다시 한가득 쑥을 캐왔다. 내가 좋아하는 외숙모가 내가 캐온 쑥을 좋아하시고 그걸로 국을 끓이신다니! 그날 저녁에 마음이 기분좋게 간질거렸다.

내 모습을 보던 엄마가 미안했는지, 어느 날 내게 불쑥 고백했다. 자기는 쑥국 같은 거 만들어본 적 없다고, 그래서 내가 애써 캐온 쑥을 버린 거였다고. 나는 흔쾌히 괜찮다고 대답했다. 나 역시 그때는 어렸기에 쑥으로 음식을 할 엄두조차 내지 않았다. 그저 쑥 캐는 게 놀이 같았거든. 혼자 이야기하고 혼자 딴 곳으로 여행도 가고, 바람과 봄과 새것들과 노는 시간이었다. 그 버릇 탓에 나는 아직도 손을 흙속에 넣어가며 푸르름을 캐는 게 좋다. 근데 많이는 말고, 딱 요만큼. 내가 좋아하는 만큼씩만.

그들 나름대로 살아갈 테니

걱정 인형을 품에 끼고 사는 남편과 아이의 염려와는 달리, 보스니아 국경에서는 여권과 자동차등록증 그리고 책임보험만 요구했다. 표정을 굳히고 있던 아저씨는 여권을 하나하나 읽어보곤 스탬프를 힘 있게 내려찍은 뒤 여권을 돌려주면서 그제야 미소와 함께 바이바이 손 인사를 건넸다. 우리도 소리 높여 인사했다. 여기저기서 전해들은 이야기로는 자동차 여행자들에게 국경 경비원이 돈을 요구하는 경우가 많다는데, 우리의 경험으론 그게 정말일까 싶다.

남편의 '두브로브니크에 가고 싶다' 한마디에 우리는 모스타르를 지나게 되었다. 헝가리에 왔으니 그럼 크로아티아도 한번 돌지 뭐 하며 그사이 경유지로 선택한 곳이었는데 무척이나 훌륭한 여행지가 되었다.

숙소는 시내에 있는 오래된 민박집이었다. 1층은 로비처럼 쓰고 있었고, 삐거덕거리는 구멍난 철 계단을 밟고 2층에 오르면 화장실 딸린 방 하나가 나왔다. 2층까지 벽면을 뒤덮은 덩굴나무가 만든 그늘이 우리나라의 깊은 시골집에나 있을 법한 그림을 연출했다. 주인장의 어머니는 미소가 편안하고 풍채가 좋으셨는데, 그녀와 나의 공통점은 영어가 서툴다는 거였다. 그녀에게 커피 한 잔을 대접받고 이제 방으로 들어가려니, 아이가 허겁지겁 1층에서부터 올라와 주인 할머니와 할머니의 고양이까지 셋이서 함께 산책을 가도 되냐고 물었다.

"당연하지. 근데 너 할머니랑 어떻게 이야기한 거야?"

"그 정도는 서로 알아듣지."

아이는 씨익 웃음을 흘려두고 쾅쾅 소리를 내며 계단을 내려갔다. 그후 한참이 지나고 상기된 얼굴로 돌아와서는 산책길이 어떠했는지 마치 까먹을 새라 급하게 이야기해주었다. 나이 차가 큰 친구를 잘 사귄 모양이었다.

우리는 오후 느지막이 집을 나와 근처 명소로 알려진 올드브리지로 걸어갔다. 긴 세월 내전국가였던 보스니아. 내전으로 한 번 끊어졌던 다리를 최대한 원래 모습대로 복원한 상태라고 들었다. 다리 근처로 갈수록 식당들과 각종 가게들이 즐비했다. 올드브리지의 한중간에는 관광객들로부터 일정한 금액이 모이면 그 아래 강으로 다이빙하는 퍼포먼스를 보여주는 젊은이가 있다더니, 마침 우리가 다리를 건널 즈음 그 청년이 다리 아래로 두 팔을 벌려 뛰어드는 모습이 보였다. 날개가 무거운 새 같았다. 젖어버려 묵직해진 날갯짓이 물방울 하나 없어도 억겁의 무게를 머금은 듯 보였다.

왜 그런 생각이 들었을까, 유럽의 여러 나라와는 사뭇 다른 생활상들 때문이었을까. 사람들은 순박하고 착했지만 어딘가 생활력이 느껴지는 풍경이 보이지 않았다. 숙소 근처만 있었을 때는 너무 좋았는데, 다리에서 만난 각종 이미지가 나를 갑갑하게 했다. 다리의 끝부분, 아이에게 젖을 물린 젊은 엄마가 일고여덟 살쯤 되어 보이는 딸아이에게 구걸을 시키고 있었다. 아이는 집요하게 관광객들을 따라가다 돈을 주지 않으면 험한 표정으로 거친 말을 내뱉었다. 나 혼자만의 생각이지만, 집시일 수도 있겠다. 웬만한 광경을 다 봐왔던 내게도 적지 않은 충격이었다.

사실 이런 몇몇 요소들을 제외하면 머무는 데 일주일이 부족한 곳이었다. 차를 잠시만 끌고 나가도 그림 같은 풍광들이 펼쳐지고 관광객들의 손을 타지 않는 유적지가 곳곳에 산재되어 있다. 길을 오고가는 이들의 눈길은 퍽 다정해 나도 모르게 웃음으로 인사를 건네는 곳. 하지만 이곳은 경유지니 그 아쉬운 며칠로 만족하며 지내고, 또다시 길을 나섰다.

아이는 아까 오후 산책 때 구걸하는 아이들에게 큰 충격을 받았는지, 돌아오는 내내 질문을 쏟아냈다.

"엄마도 형편이 안 좋았으면 나랑 구걸하러 나왔을까?"

"장담할 수 없네……. 저 방법이 가장 확실하다면 저렇게 밖에 할 수 없겠지."

"일해서 돈 벌면 되잖아."

"그러려면 우선 일손이 필요한 곳이 있어야 할 거고, 장사를 하려 해도 저곳 가게주인들과 달리 저 사람들은 애초에 가진 게 없었을 수도 있지."

"법적으로 문제되지 않는…… 다른 방법은……."

"글쎄, 엄마도 이곳에 대해 잘 모르고 겪어보지 않았으니 솔직히 모르겠다. 하지만 엄마 어렸을 적 우리나라에도 집마다 찾아와서 밥이나 돈을 구걸하는 사람들이 있었어. 지금은 거의 사라졌지만."

아이는 여전히 혼란이 남아 있는 얼굴로 혼자 고민에 빠졌다.

문득 어린 시절 할머니가 생각났다. 할머니는 저녁 해가 넘어갈 무렵 몇몇 사람들이 바가지를 들고 밥 동냥을 오면 꼭 뜨스운 밥에 나물이라도 한 가지 얹어주셨다. 만족스럽지 않은 양일지라도 빈손으로 쫓아내신 적은 없었다.

산다는 건 쉽거나 만만치 않다. 정말이지 녹록지 않은 일이다. 하지만 확실한 단 한 가지는 있다. 그들도 그들의 삶을 책임지기 위해 노력하고 있다는 것. 그러니 할머니도 적은 양이나마 그들에게 밥을 나눠주셨던 것이리라. 삶을 내던지지 않은 자들을, 우리가 함부로 말할 이유도 자격도 없다.

바싹 마른 가슴에 꽃 한 송이

우연히 사진 한 장을 보고서는 한눈에 반해 남편과 이마를 맞대고 찾아낸 크로아티아의 로비니. 우리 부부의 여행 취향은 안 맞는 듯하다가도 종종 나의 즉흥성과 남편의 행동력이 만나 엄청난 추진력을 낼 때가 있다. 그렇게 기대하던 곳에 왔는데…… 폭우라니. 길은 침수되었고 구시가지는 바닷가라 진입 금지란다. 운전 실력이 남다른 남편조차 폭우로 앞이 보이지 않으니, 갓길에 차를 세우고 비가 잠시 소강상태가 될 때까지 기다렸다 가기로 했다. 결국 모든 계획을 취소하고 숙소로 직행했는데, 숙소도 아비규환이 따로 없다. 로비니에서의 숙소를 캠핑장으로 예약했기 때문이다.

상대적으로 낮은 지대의 캠핑 자리를 안내받은 사람들은 비를 맞으며 물에 잠긴 텐트를 걷고 있었고, 리셉션에도 물이 차 직원들은 물을 퍼내느라 바빴다. 번화가도 아수라장

이긴 마찬가지라 식당을 이용할 수도 없어 비상식량이었던 라면 두 개로 점심을 해결하고 숙소로 돌아왔다.

모든 걸 순응하기로 했다. 영 안 되면 이 주변에서 적당히 놀면서 지내다 떠나자. 다행히 비가 와도 노는 데 문제가 없었는지 아이는 남편과 바닷가 갯바위에서 고동을 잡고 수영장에서 물놀이 삼매경에 빠졌다. 물을 겁내 하는 나만 그 둘을 멀찌감치 구경할 뿐이었다.

다음 날 다행히 하늘이 맑아져 어제 못 가본 구시가지로 나섰다. 유럽에서 거리 주정차를 할 때 주차비는 기계에서 미리 계산한 후 영수증을 끊어 와이퍼에 꽂아둬야 한다. 지역에 따라 후불제도 있고 최대 두 시간만 가능한 시간 제한제도 있다. 대체로 결제는 동전이나 지폐, 카드 등 다양하게 가능한데, 오늘 이곳은 드물게 동전만 가능했다. 다만 동전교환기가 근처에 없었다. 그 탓에 우리 앞에서 노부부가 당황스러워하는 것이 보였다. 지나가는 사람에게 지폐를 동전으로 바꾸시려 했지만 잘 풀리지 않는 듯했다. 아이가 옆에서 제 지갑까지 뒤적이는 것이 느껴져 웃음이 났다. 그곳 주차 요금은 8쿠나부터 시작하고, 내 것을 끊고 나니 7쿠나가 남길래 그거라도 드렸다. 고맙다고 하시며 주차표를 끊으시고 10쿠나 지폐를 주시려 하길래, 나는 괜찮다고 사양하고는 좋은 하루 보내시라는 인사와 함께 그 자리를 떴다.

로비니의 구시가지를 들어서니 숨통이 트인다. 돌담 사
이로 보이는 푸른 바다에는 전설 하나쯤은 얽혀 있을 신비로
운 분위기가 도사렸다. 바다가 언뜻언뜻 보이는 길을 따라가
다 하늘을 보니 집집마다 열린 덧창이 매력적이었다. 저 작은
집마다 사람 사는 이야기가 들어가 있겠지. 설레었다. 색색깔
의 빨래가 바람에 펄럭여 하늘을 물들였다.

좁은 골목 사이에 각자의 색으로 살아가는 포근한 사람
들, 그들의 맑은 표정이 나를 편안하게 만든다. 나는 미술관
이나 건축물 등 모두가 예찬하는 것에 사실 잘 공감을 못 한
다. 그쪽으로 문외한이기도 하다. 그저 이렇게 사람 사는 골
목을 다니며 냄새 맡는 것으로 족하다. 설렁거리며 걸어 다녀
도 이상할 것 하나 없는 사람이 사는 길. 길을 걸으면 곳곳에
서 노랫소리가 들려오는 곳. 로비니는 내가 바라던 여행의 모
든 것이 들어 있는 곳이었다. 첫사랑처럼 두근거림이 가득하
니 선물 상자 같은 여행지. 손가락으로 하나하나 풀어보며 감
동하게 되는 곳이다.

아이는 걸어가면서 그 사람들이 주는 10쿠나를 왜 안 받
았냐고 물었다.

"그간 여행하며 받았던 호의나 친절을 갚는 거야."

우리는 우리의 방법으로 타인에게 받은 친절을 나눈다. 그분들은 그분들의 방법으로 나누겠지. 나누지 않는다면 어쩔 수 없다. 선의는 강요해서 나오는 것이 아니고, 베풀지 않았다 해서 비난할 수 없는 일이다.

다만 이렇게 모르는 누군가와 친절을 주고받는 건 바싹 마른 가슴에 꽃 한 송이를 피우는 일이다. 간절할 때 받은 도움의 기쁨도 크지만, 이렇게 여유롭게 나눌 수 있는 작은 도움도 충분한 기쁨이 된다.

이 촛불이 길을 밝혀주기를

보슬보슬 봄에 피는 아지랑이처럼 비가 아스라하게 먼 곳에서 내리고 있는 것 같다. 올해 유럽은 유난히 비가 잦았다. 웅장한 성당 외벽 조각과 장식들이 압도적인 쾰른성당 앞 카페 테라스에서 티타임을 가지며 미사 시간을 기다렸다. 모든 여행지에서 미사를 듣는 것은 아니지만 왠지 이곳에서의 미사가 궁금해졌다. 미사의 시작을 알리는 종소리가 들려 성당 입구에 들어서니, 휠체어를 탄 봉사자 친구가 기도 초라며 종이컵을 끼운 초를 나누어주었다. 미소가 온화하고 표정이 밝아서 편안해지는 사람이었다.

안으로 들어서니 나이 든 수녀님 한 분과 신자로 보이는 다섯 분이 성가를 부르고 계셨다. 그 나지막하고 잔잔한 목소리가 넓은 성당을 채워나갔고, 노랫소리에 맞춰 신자와 여행객들 모두 제대 아래쪽 바닥에 무릎을 꿇고 기도를 드리거나 초를 봉헌했다.

　여린 목소리로 들려오는 성가와 경건한 그들의 모습을 보다 내 차례가 되어 무릎을 꿇고 기도를 드리는데 까닭 없이 눈물이 나오기 시작했다. 나뿐만이 아니었다. 여기저기서 흐느낌이 전해졌다. 지은 죄가 많아 부끄러워서인지, 살아온 날이 서러워 어리광을 부리고 싶은 건지 명확하게 모르겠지만 눈물이 멈추지 않았다. 나도 모르게 한참을 그 감정에 빠져 있다 정신을 차리니, 내 모습에 남편도 당황한 기색이었다. 그때 아이에게 누군가 바구니를 건넸다. 바구니에는 '하느님께서 주는 글귀'라고 적혀 있었다. 바구니에서 종이 한 장을 뽑아든 아이는 그 종이를 소중하게 품고는 밖으로 나왔다.

　고요한 성당 안과는 달리 바깥은 내일 있을 갈라 콘서트의 리허설 준비로 분주했다. 어마어마한 규모의 오케스트라 연주에 맞춰 아리아를 부르는 소프라노의 목소리는 기름칠한 우산에 흐르는 빗줄기 같았다.

　"우리가 빈에서 본 실내 음악회랑은 차원이 다른 것 같아요. 비가 오지만 좀더 보고 가요."

　내일이면 떠나야 해서 본 공연을 못 보니까, 미련 없게 지금 보자는 아이의 말에 셋이서 나란히 빗속에서 한참을 서 있었다.

아이가 뽑은 종이에는 '무엇이든지 굳건하게 하다보면 잘될 거야'라는 문장이 쓰여 있었다. 맞는 말이다. 아이도 그 귀한 말씀을 잘 새기기를. 그 문구와 함께 이준 열사기념관 소장님 말씀이 생각났다. "부모를 무조건 믿지만 말고 너에게 주어진 쓸모가 있으니 그 쓸모를 다해야 한다." 세상에 그냥 주어지는 건 없다. 모든 건 우리가 부단한 노력을 해야만 주어진다.

늘 성당을 다니며 봉헌하는 나의 초 한 자루 한 자루가 이 노력하는 아이를 잘 인도해주리라. 아이가 어둡고 험한 길을 갈 때 그 초들이 빛이 되기를. 나는 항상 그렇게 기도드린다.

오늘 나는 미사를 보며 왜 그렇게 울었을까. 평탄하기만 할 수 없는 삶이 서럽지만, 때때로 찾아오는 평온이 감사해서였을까. 이 삶의 무게가 나나 남편뿐 아니라 우리 아이에게도 지어진다는 것이 무서웠을까. 이 해답은 아마도 이토록 길고 긴, 휘어진 길을 끝까지 걸어가야만 알게 되겠지.

간장들깻잎장

준비물
깻잎, 들기름,
조선간장

① 깻잎을 흐르는 물에 몇 번 헹구어 물기를 털어낸다.

② 들기름 두 큰술에 조선간장 한 작은술을 넣고 섞이게 저어
준다.

③ 깻잎 한 장 위에 양념 반 작은술을 바르고 다시 깻잎을 한 장 얹
는 식으로 켜켜이 깻잎을 쌓는다.

④ 맛은 큰 차이가 없지만, 먹기 직전에 발라야 깻잎 색이 밉게 검
어지지 않는다.

여름철 노지 깻잎이 나오면 빠트리지 않고 꼭 해 먹는 반찬이 바로 간장들깻잎장이다. 한번 드셔본 손님들은 대부분 한 그릇을 더 찾으실 정도로 만족도가 높고, 이렇게 간단한데 좋은 맛이 나니 놀랍다며 요리 한 가지를 배워간다는 평이 늘 따라붙는 우리집 일등 반찬이다. 더운 여름날, 불 없이 만들 수 있고 손님상에 내어도 부족함이 없는 단정한 자태를 자랑하는 메뉴다.

종종 이 반찬을 만들 때 아이에게 양념 바르기를 부탁하면, 항상 거의 다 바를 때쯤 참지 못하고 깻잎 한 장을 입으로 가져가고는 연신 감탄하는 모습을 볼 수 있다. 음식을 해보라면 손사래 치고 이런저런 핑계를 대며 부엌에 서기를 싫어하지만 그래도 막상 시키면 채소도 곱게 썰고 음식도 단정하게 담아낸다. 언젠가 기회가 되면 아이와 함께 계절 음식을 만들어볼 수 있지 않을까?

사실 그 기회가 멀지는 않을 듯싶다. 우리집에 찾아왔던 손님과 친구 사이가 되어 올겨울 그분이 사는 미국으로 가족 여행을 계획 중인데, 긴 여행 시간 동안 매번 사 먹을 수는 없을 거라 이번 여행의 틈새 미션은 '여행지에서 밥 해 먹기'가 될 예정이기 때문이다. 그 친구도 우리집 음식을 너무 좋아하고 잘 먹어서 그 부엌을 우리 모녀가 차지해도 환영해줄 테니, 나는 그녀에게 채식 요리를 배우며 이참에 아이와 함께 부엌에서 시간을 보내고 싶다. 백 마디 말을 나누는 것보다 함께 먹을 음식을 요리하는 시간이 더 많은 이야기를 나눌 수 있으니까.

2부

무지갯빛 가득한 삶

나는 꽃과 나무, 바람과 햇살, 구름과 달 그리고 새들과 벌레 들 그 모든 것에도 언어가 있다고 믿는 사람이다. 그래서 아침에 눈뜨면 어제 별일 없음에 감사하는 기도부터 올린다. 그 러고 나서 손님이 계시는 날에는 조식을 차리고 그분들이 퇴실하자마자, 손님이 안 계시면 제일 먼저 이들에게 안부를 묻는다. 오늘도 안녕이라고, 다시 봐서 반갑고 감사하다고 나의 언어로 이야기를 건네면 그들은 모두 그들의 언어로 답한다.

마당 있는 집에 살다보니 꽃이야 계절별로 넘치게 많지 만 부엌에 둘 꽃을 꺾을 때도 "너무 많이 다투어 피면 줄기랑 가지가 힘들어해. 미안하지만 오늘은 몇 송이만 솎을게" 하고 사과부터 한다. 만약 솎을 꽃이 없으면 외부에서 꽃을 사온 다. 아침마다 눈 맞추고 말 섞은 아이들을 마구 꺾을 수는 없으니까. 이건 나와 꽃들의 약속이기도 하다. 누군가와 더불어 산다는 건 이런 품을 들여야 하는 일이다.

당연한 애정은 어디에도 없다. 마음을 먼저 주어야 돌려받을 수 있고, 그건 자연에게도 마찬가지다. 올 초에 게을렀던 우리를 타박하듯, 뜰 한편에 자리한 장미들에 병이 들었다. 매일같이 사과하고 미안해하며 뒤늦게 목초액을 뿌렸고, 허겁지겁 영양제도 주며 기도했다. 올해만 잘 버텨달라고, 내년에는 절대 소홀히 하지 않겠다고. 나의 기도와 바람이 장미들에게 잘 전해지길 간절히 바랄 뿐이다.

내가 자연에게 건네는 또다른 마음으로는 가을의 곶감이 있다. 가을이 깊어지면 다음 봄에 새들이 먹을 곶감을 부엌 앞 데크에 일찌감치 달아둔다. 남편은 새들이 봄에 곶감을 먹으며 곳곳에 똥을 싸니 곶감을 매달아놓지 말라고 하지만, 초봄에는 새들 먹이가 별로 없다며 꿋꿋이 곶감을 다는 나를 강하게 말리지는 못한다. 그 덕에 초봄이 되면 어김없이 새들은 곶감걸이에서 그네를 타며 마른 곶감을 참 열심히도 쪼아 먹는다. 그 모습을 보면 내가 뭔가 장한 일을 한 듯 뿌듯해져 남편에게 와서 이것 좀 보라고 기세등등하게 말한다. 남편은 그런 내가 어이없어 웃는다.

자연에서 살면 다들 나와 비슷하지 않을까? 바람이 쓰

다듬으며 하는 이야기에 귀 기울이게 되고, 해도 드러누워 편안해지는 오후에는 낯익은 햇살과 이야기하고 하늘을 볼 때마다 시시각각 변해가는 구름도 붙잡아 놓고 싶다. 여름밤에는 밖에 앉아 있기를 즐긴다. 뜰에 나와 앉아 있으면 골바람은 어느새 어깨부터 발목까지 조물조물 한여름의 열기를 시원하게 풀어준다. 덥고 고단한 오늘을 어루만지면서 수고했다고 애썼다고, 다 알고 있다고 나를 위로해준다.

비가 오는 날은 음악을 따로 틀 필요도 없다. 우리집은 처마마다 빗물 떨어지는 소리가 다 다르다. 이번에 지은 창고는 지붕을 양철로 덮었으니 아마도 쨍한 북소리처럼 들리겠지. 난 따뜻한 차 한 잔을 들고 우리집 세 지붕에 내리는 비의 연주곡을 제대로 감상할 준비만 하면 된다.

결혼 전 나는 남편에게 레오 리오니의 『프레드릭』과 버지니아 리 버튼의 『작은 집 이야기』를 선물한 적이 있다. 아이들 그림책을 다 큰 어른에게 펼쳐 보이며 나는 내 삶을 프레드릭처럼 가꾸고, 사람과 자연이 조화롭게 사는 이런 작은 집에 살고 싶다고 말했다. 그 말이 씨가 되어 지금 꽃을 피우려고 한다. 요즘의 내 삶은 정말 프레드릭 못지않게 하루하루 다양한 색감으로 채워진다. 남편과 친구들이 지어준 이 작은 집은 (비록 손님들 방으로 사용되지만) 내가 갖고 싶었던 바로 그 꿈속의 집이다. 말이 씨가 된다는 걸 경험한 사람으로서 말을 함부로 하지 않으려고 노력한다. 누가 상처 되는 말을 나에게 던져도 잘 받지 않으려 한다. 그럴 때는 얼른 마당으로 달려나가 내 친구들에게 위로부터 받는다. '나 너무 힘들다, 나 너무 아프다'고 투덜거리면 일찍이 친구가 되어준 바람이, 햇살이, 꽃들이, 풀 한 포기, 나무 한 그루가 나를 위로해준다. 그걸로도 부족하면 남편에게 가서 말한다.

"나 안아줘요. 지금 힘드니까 당신이 나 좀 안아줘야 해요."

이렇게 말하면 예전에는 상황을 설명받길 바라던 남편도 이제는 순하게 나를 감싸 안아준다.

삶의 만족도가 백 프로인 사람이 흔하겠냐만은, 누가 뭐래도 나는 지금의 내 삶에 만족한다. 그러기 위해 내가 제일 아끼고 늘 잊지 않으려고 되뇌는 말이 있다. 오유지족吾唯知足. 내 안에 들어 있는 것에 만족하며, 남과 비교하는 대신 내가 가진 것을 즐기고 감사하며 내가 좋아하는 것들과 함께 살아가기. 사람은 그것만으로도 충분히 풍요롭게 살아갈 수 있다.

보고 먹고 걷고 만난 것

여행은 보는 것, 먹는 것, 걷는 것, 만나는 것. 산길을 가다 만나는 사람들은 대부분 낯선 이에게도 흔쾌히 인사를 건넨다. 친구 아들까지 아이 둘이 동행하는 여행자라면 아무래도 더 주목을 끄는지 모두가 우리를 보는 듯했다. 남코카서스 지역의 대표적인 공화국인 조지아가 유럽인들에게 트레킹의 성지라더니 정말 유럽인들이 많았다. 스몰토크에 달인인 그들은 눈만 마주쳐도 어제 본 이웃인 양 웃으며 한마디씩 말을 걸었다. 어디서 왔냐고 묻거나 즐거운 여행하라며 웃음 가득한 작별인사를 주고받았다. 때로는 우리 아이들에게 사탕을 나눠주기도 해서 나도 그들에게 목캔디 몇 알이라도 건넸다. 그럼 그들은 허투루 넘기지 않고 고맙다며 손을 흔들었다.

　이번 여행에는 아이가 사용하지 않는 색연필과 크레파스를 챙겨왔다. 여행지에서 아이들을 만나면 나눠줄 생각이었기에 몇 번 마을 아이들을 마주쳤을 때 얼른 그들 손에 하나씩 쥐어주었다. 낯선 한국인에게 생각지 못한 선물을 받은 아이들은 수줍게 웃으며 뛰어갔다.

"미안해, 무거워서 종이는 가져오지 못했네."

"돌이나 나무에도 그릴 수 있는걸요."

선물을 준 것은 나인데 그 말에 되레 위안을 받았다.

카즈베기국립공원에 속한 주타산을 오르는 주타 트레킹은 한국에도 종종 소개되는 트레킹 명소다. 가파르지 않은 초원길을 걷다보면 철 모르고 핀 용담, 서양톱풀(야로우), 나비바늘꽃(가우라), 엉겅퀴 등이 간간이 피어 있어 눈을 호사롭게 해주었다. 아마도 봄에는 온갖 야생화들이 이곳을 뒤덮어 푸른 잔디에게 틈조차 내어주지 않겠지. 그때는 얼마나 또 황홀경일까.

트레킹 초입에서 만난 시크한 양치기는 뒤도 살피지 않고 앞만 보며 걸어갔다. 뭐지 싶어 지나치는데 곧이어 그 뒤편 까마득히 멀리서부터 하얀 털 뭉치들이 산등성을 굴러 내려오나 싶더니, 곧 양들이 떼로 지어가는 장관을 보게 되었다. 양떼 사이 중간중간 늠름하고 멋진 양치기 개들이 양치기를 대신해 고개를 있는 힘껏 빼들고 호위무사처럼 수시로 사방을 살피며 양을 안전하게 이동시켰다. 양들이 만들어내던

들판 위 하얀 물결은 제법 오랜 시간이 지나고서야, 마지막 양치기 개가 그뒤를 쫓으며 끝을 내었다. 행렬이 무척 길어서 사진으로도 담을 수 없었던 그날의 풍경을 생각하면, 하늘을 쫀쫀하게 메운 하얀색 떼구름을 왜 양떼구름이라고 하는지에 대해 고개가 절로 끄덕여진다.

길에서 지칠 때쯤 건물이 하나둘 자리하고 여기저기 가벼운 텐트들이 초원에 그림처럼 심어진 장소에 도착한다. 아, 자연과 함께 이곳에서 하룻밤을 지새울 수 있다면, 그 밤중에 별을 가득히 안고 누워서 도란거리면, 속내를 보이지 않아도 서로를 알아줄 이야기들을 나눌 수 있을 텐데. 그 상대가 남편과 아이라면 더이상 바랄 것도 없을 텐데. 이 능선 어느 곳이라도 명당이 되어서 우리의 꿈도 달게 꿀 텐데…… 혼자 이런 생각을 품고 걷다보니 이름만 카페이지 자연에 툭 하고 떨어진 듯한 가게에 도달했다. 우리는 그곳에서 차를 마시거나 일탈 같은 맥주도 한 잔 시켜 시원하게 목으로 넘겼다. 한참 담소를 나눴지만 눈으로는 넣어도 아프지 않을 풍광들을 바삐 담았다. 역시 여행은 보는 것, 먹는 것, 걷는 것, 만나는 것.

아이가 그랬다. 산을 오를 때는 귀찮고 마냥 내려가고 싶지만, 오르다보면 좋고 내려올 때는 아쉬워진다고. 하

지만 다시 가고 싶다가도 지나온 길을 되돌아보면 돌아
가고 싶지 않다고. 살다보면 하고 싶지만 못 하기도 하
고, 하기 싫은데 참으며 해야 될 때도 너무나 많지. 참으
면서 해야 하는 건 뭘까, 하지 말아야 하는 건 뭘까. 대부
분 모든 것에는 살펴보면 숨겨진 이유들이 참 많다. 겉
모습이 그것의 전부가 아닌 것처럼.

내가 아이에게 자주 하는 말 가운데 하나는 "네가 뱉은
말들이 화살이 되어 너를 찌를지, 꽃이 되어 너의 품에
안길지는 네가 선택하는 거"라는 말이다. 말은 정말 의
도치 않게, 정말 억울하게 자신의 등뒤에 화살로 꽂히기
도 하지만 대부분은 스스로가 뿌린 씨앗들이다.

감정도 마찬가지다. 하고 싶은 것, 하기 싫은 것. 다시 하
고 싶다가도 다시는 하고 싶지 않은 것. 거의 모든 것의
속내에는 항상 자신의 마음이 박혀 있다. 그 원천을 찾
기 원한다면 내가 본 것, 먹은 것, 걸어온 것, 만난 것들
을 다시 한번 살펴봐야 한다. 마음의 방향은 애초에 떠
나온 곳에 표시되어 있다.

카즈베기를 만나는 길

사유가 필요할 때, 마음이 어지러울 때, 분노가 일어날 때, 가슴이 답답할 때, 간결해지고 싶을 때, 명쾌한 답이 필요할 때 나는 걷는다. 무작정 걷다보면 모든 것이 풀어지고 명료해질 때가 많다.

여행을 다니면서 가끔 멍해지는 순간이 있는데, 그 시간은 내가 나에게 온전히 빠지는 시간이다. 이번 조지아 여행은 그러기에 너무 충분했다. 트레킹할 때에는 목적지를 정하지 않았다. 회귀점도 생각해두지 않고 걷다가 누구 하나라도 지치면 쉬거나 다시 돌아가기로 했다. 우리가 떠나온 이유가 그저 걷기 위해서였기에 그럴 수 있었다.

이번 여행에서 아이는 코카서스 지역의 산중 어딘가로 트레킹해보고 싶다고 했다. 남편은 윤동주의 시 「간肝」을 읊으며 "코카사쓰 산중에서 도망해온 토끼"와 "푸로메디어쓰"

를 이야기했다. 우리집에 온 여행을 직업으로 가지신 손님께서 자신은 주로 중앙아시아와 조지아를 다닌다며 우리에게 조지아 여행을 적극 추천해주기도 했다. 덕분에 우리는 튀르키예와 조지아를 둘러보기로 했다.

오늘 트빌리시에서 카즈베기(현지어인 '스테판츠민다'가 공식 명칭이지만 아직도 많은 사람들이 카즈베기라고 부르는 듯하다)로 가는 길은 차도가 흡사 동물농장이었다. 길 위에 소와 양은 물론이고, 돼지와 닭들도 한껏 도도함을 뽐내며 유유히 걸어가는데 그 누구도 경적을 울리거나 그들을 재촉하지 않았다. 그 분위기에 맞춰 우리도 차 안에서 동물이 나오는 온갖 노래를 불러가며 느긋해졌다. 급할 건 우리 마음뿐이지. 저 아이들에게는 우리가 방해꾼일 수도 있다. 여정 중에 초대받지 않은 결혼식을 보기도 했다. 투박하니 편안했던 성당에서 신부님의 엄숙한 결혼식 진행과 그에 대비되는 발랄하고 귀여운 신부를 보며 기분좋게 웃었다. 또 그렇게 한참을 가니 어느새 높은 봉우리들이 보였다. 손이 닿지 않을 것들이 마치 가까이 있는 양 우리를 희롱했다.

겨우 도착한 카즈베기의 어느 민박집에 들어서서 방을 안내받았다. 객실 테라스에 서보니 혼탁해진 것들이 바람에 실려나간 듯 머릿속에는 상쾌함만 들어찼다. 머무는 시간이 길어도 나쁘지 않을 여행지로 마음속에 조용히 새겨두었다.

"저 사람들은 돈이 없어도 살아갈 수 있을 것 같아. 유혹
이나 탐욕이 덜할 것 같거든."

아이가 가끔 말도 안 되는 요구를 억지스럽게 주장하거
나 당장 안 해주면 안 될 듯 무언가를 보챌 때면 참 답답
하기도 하지만, 그런 아이가 이렇게 사물이나 사람에 대
해 불쑥 본질적인 이야기를 꺼내는 것을 보면 어느새 철
이 든 것 같고 속으로는 배려가 깊구나 생각한다. 세상
의 새로운 면을 보면서 아이도 자라는 거겠지.

마냥 다 좋다고 하다가도 걷는 동안 쌓인 피곤 탓인지
가끔은 까칠해지기 시작하는 아이를 보면서, 아이에게
좋은 습관이 몸에 잘 배게 해주고 싶다가도 한편으로는
알아서 하겠지 싶다. 우리가 가고 없는 세상에서 살아가
야 하는 건 아이의 몫이니까.

우리가 떠난 다음까지 생각해서 너를 우리 식대로 만들
어가고 싶지는 않다. 있는 그대로의 너를 받아들이기 위
해 우리는 부단한 노력을 하는데 가끔은 혼란스럽기도
해. 우리가 부모니까 이런 마음도 드는 거겠지.

오늘은 네가 처음으로 앞자리에 앉아 내비게이션을 보

며 길 안내를 했지. 이곳은 한적한 시골이라 순조로웠
지만, 도시로 가서는 정신을 바짝 차리지 않으면 어디
로 갈지 몰라. 우리의 삶도 크게 다르지 않아. 네가 지금
의 위치를 살피지 않으면 다른 사람들의 마음에 휩쓸려
가거나 길을 잃고 여기저기 헤매게 된다. 하지만 언제든
다시 원래 방향을 찾을 수 있을 거야. 사람의 표정과 마
음을 읽어내는 너니까.

칼로 물 베듯

메스티아로 가는 길, 잠시 쿠타이시에 머물렀다. 하루 안에 운전해서 가기에는 무리인 듯해서 쉬엄쉬엄 가기로 한 것이다. 메스티아에서는 또 유럽에서 가장 높은 마을이라는 우쉬굴리로 향할 참이었다. 그렇게 우리는 쿠타이시의 한 식당에서 저녁을 해결하기로 했고, 제일 만만한 꼬치구이인 므츠바디와 고기와 감자를 함께 먹는 오자후리를 시켰다. 그때 마침 우리에게 조지아 여행을 추천한 분으로부터 메시지가 왔다. 우쉬굴리 가는 길은 도로가 미끄러우니 되도록 운전하지 말고 메스티아에서 지역 여행사를 이용해 가라는 조언이었다. 그 톡을 받고 나는 곧장 남편에게 우쉬굴리 갈 때만 그렇게 하자고 말했고, 흔쾌히 그러자 할 줄 알았던 남편은 음식이 나오니 먹고 나중에 이야기하자고 답을 미뤘다. 그 반응이 순간 의아해 나도 모르게 보채듯이 같은 말을 한번 더 했는데, 갑자기 남편이 자기를 못 믿냐고, 우리 차도 사륜인데 우리 차로 갈 수 없는 곳은 그냥 가지 말자고 큰 소리로 내게 쏘아붙였다. 순간 나도 욱해서 차가 문제가 아니라 이 동네 지리에 익숙한 운전자에게 맡기자는 뜻이라고 덧붙였다. 이번 여행은 우리 가족뿐 아니라 친구와 친구 아들까지 동행으로 온 터라 나는 그들의 안전이 무척이나 중요했다. 그런데도 남편의 음성은 점점 높아져갔고, 결국 내가 복화술처럼 입 다문 채 목소리 높이지 말고 조용히 이야기하라고 중얼거렸다.

우리가 늘 알콩달콩한 건 아니었지만 이렇게 목소리를 높이며 다툰 것은 결혼하고 처음이었다. 지금까지 들은 남편의 데시벨 가운데 제일 높았다. 그건 아이에게도 마찬가지였는지, 살짝 놀란 아이도 그때만큼은 사춘기를 벗어버리고 중재에 나섰다.

모두 나와 남편의 눈치를 보느라 급히 식사를 마쳤고 나는 먼저 잰걸음으로 식당을 나와 숙소로 향했다. 다들 식사를 잘 했는지 살필 감정의 여유조차 없었다. 가뜩이나 살살 여행 피로감이 올라오고 있는데, 당황스러운 상황이 생기니 서럽기까지 했다. 아이가 곧 내 뒤를 쫓아와 아빠에게 사과하라고 했으니 아빠 사과를 받고 오늘밤 안에 두 사람 모두 기분을 풀라고 부탁했다. 우리 사이가 이러면 같이 동행한 사람들이 얼마나 불편하겠냐고. 아이가 우리보다 더 어른스럽다는 사실을 새삼스레 깨달았지만 소란함은 쉬이 잡히지 않았다. 나는 뱅어 눈알보다 도량이 작은데 심지어 뒤끝 오래가기로 정평이 나 있다.

아이 말대로 숙소로 돌아온 남편은 내게 사과했지만 무신경하게 받고 대화를 넘겼다. 어떤 말도 귀에 들어오지 않고 감정에 빠져 허우적거렸다. 결국 남편의 감정이 풀렸는지 꼬였는지 궁금해하지도 않은 채 다음 날 아침이 밝았다.

우쉬굴리로 가는 날, 비가 와서 우리는 잠시 길을 멈추고 카페에서 튀르크커피를 한 잔 마시며 이야기를 나눴다. 그리고 '가다가 위험해 보이면 돌아오자'로 결론지었는데 우리의 염려와 달리 우쉬굴리까지의 운전 난이도는 상중하 가운데 중상에 그쳤다. 길이 미끄러워 도중에 길을 벗어난 트럭도 중간에 세워져 있었고 계곡 쪽 나무에 걸린 차도 있었지만, 그동안 우리가 다녔던 우리나라 임도나 프랑스 베르동계곡 일부 구간, 이탈리아 아말피 해안가보다는 운전하기가 좋았다. 비포장이라 도로가 미끄럽다는 큰 위험이 있기는 했지만 남편의 노련한 실력에는 큰 문제가 되지 않았다. 원래의 나는 가지 않은 곳에 대한 두려움이 크게 없는 편인데 친구와 친구 아들이 동행하다보니 모든 것이 염려되었던 것 같다. 막상 와보니 충분히 갈 수 있는 길인데 가보지 않고 두려워하는 겁쟁이가 되었다. 그제야 미리 겁먹은 용기 없는 내 모습이 일행들에게 부끄러워졌다.

그렇게 홀로 속 시끄러운 상태로 도착한 우쉬굴리의 모든 것은 종지만 한 내 마음을 펑 터트릴 만큼 압도적이었다. 오래된 마을의 색이 바랜 창틀과 그 사이를 비집는 현란한 빛들. 말을 타고 비포장도로를 뚜벅이며 가는 아이의 뒷모습. 두툼한 굴뚝 모양의 탑형 주택인 코쉬키들 뒤로 펼쳐진 웅장한 산들과 그 앞에 흐르듯 무너져 있는 돌담들. 이곳에서 한 달쯤 지내면서 흘러내린 돌담의 꿉꿉한 냄새를 맡고 싶었다. 너무 쨍하니 맑아서 투명해져버린 하늘을 한없이 바라보다 말 타고 지나가던 아이와 함께 흙바닥에 그림이라도 그려넣고 싶었다. 색연필을 선물했을 때 수줍어하던 그 아이들과 함께 용감하게 칠면조 사이를 지나가고 싶었다.

언제나 시간에 쫓기는 여행자인 게 너무나 아쉽다. 언젠가 나에게 다시 이곳이 선물로 주어진다면 난 정말 헐렁하게 여기에 머물 생각이다. 가게도, 변변한 식당도 하나 없는 이곳에서 적당히 음식을 해 먹고 지낼 수 있다면 행복할 거다. 혹 해 먹는 게 마땅치 않아 삼시세끼를 제대로 챙기지 못하더라도 '내 시간'을 선물받을 수 있으리라 확신한다. 그러니 조지아를 다시 온다면 온전히 이곳에서 오래 머무르리라.

늘 그랬던 것처럼 남편은 우리 가족과 풍경 사진을 하염

없이 찍고 있었다. 슬쩍 다가가서 늘 하던 것을 하러 가자고 말했다. 여행하면서 우리가 빼먹지 않고 하는 의식 같은 것들이 있는데, 그중 하나가 성당이나 교회, 절 등 어디든 기도할 수 있는 곳이 있다면 작은 초 하나라도 켜두는 것이다. 여행자의 기도를 올리는 거랄까. 이런 다툼이나 사소한 의견 차이가 있었지만 우리가 그동안 여행 다니면서 큰 사건사고도 없이 무탈한 건 남편의 운전 실력이나 나의 안전제일주의 때문만이 아닐 것이다. 분명 어떤 신의 손길이 우리를 보살펴왔다고 믿는다. 그러니 오늘도 같이 가서 기도를 올린다. 그간의 안온을 감사해하고 앞으로의 길도 동행해주기를.

노파심을 부리느라 모든 것이 엉망이었던 하루이틀이었다. 막상 닥치고 보니 아무것도 아닌 것을…… 이제는 가보지 않고 두려워하는 겁쟁이는 되지 말아야겠다고 생각했다. 갔다가 아니다 싶으면 돌아오면 되지. 늘 이런 마음으로 다니던 내가 미리 겁부터 먹은 것이 내심 놀랍기도 하다. 일행에게 해를 끼칠까, 그들이 여행에 실망할까 부담스러웠던 걸까? 내일은 또다른 길을 가보자. 우리는 혼자가 아니라 다섯이니까.

늘 먼 길을 짧게, 때로는 길게 떠났지만 지금까지 누구도 크게 다치거나 큰 병 없이 다닐 수 있었던 건 보이지 않는 누군가가 우리를 보호해주고 있다는 것 아닐까. 그 래서 나는 앞으로도 우리 모두를 위해 초를 봉헌하고 때 로는 성당이나 수도원에서 기념품을 사거나 작은 금액 이나마 헌금을 할 거다. 그 누군가가 이런 사소하고 작은 나의 표현을 알아주시길 바라면서. 사랑도 마음도 표 현해야 서로를 더 잘 알 수 있는 거니까.

바래지 않을 셀추크

고대도시 유적지인 에페수스로 유명한 셀추크에서 우리가
묵을 숙소는 구시가지에 위치해 에페수스를 뺀 다른 관광지
를 모두 도보로 이동할 수 있었다. 하지만 이 숙소를 선택한
또다른 이유가 있었는데, 바로 가족이 운영하는 소박한 호텔
이란 점 때문이다. 마리의 부엌을 운영하는 우리로서는 친근
감이 느껴져서 곧장 이곳을 예약했다.

　숙소 인근에 대강 자동차를 세워두고 호텔측에 연락했
더니 주차장이 따로 없다며 직접 직원이 마중을 나왔다. 그의
이름은 타이푼으로, 부모님과 함께 호텔에서 일하고 있다고
말했다. 간단한 자기소개를 끝낸 타이푼은 호텔 앞에는 주차
가 안 되니 차를 여기 두고 걸어야 한다며, 우리 짐을 들고 호
텔까지 앞장서 걸어갔다. 숙소 1층은 펍이었는데 야외테이블
에서 어르신들이 김빠진 맥주를 까맣게 잊은 채 신나게 이야

기 중이셨다. 맥주잔 옆에는 루미큐브처럼 보이는 보드게임이 펼쳐져 있었다. 그들에게도 자연스럽게 인사하고 숙소로 올라갔다. 방은 총 여섯 개가 있었다. 우리는 3층 객실로 배정받았고, 타이푼은 2층에 식당과 쉬는 공간이 있으니 언제든 차를 마시러 오라고 안내해줬다. 차는 시제품이 아니고 부모님이 만든 수제품이라는 말도 덧붙였다.

　세상 모든 것들에 호기심이 많고, 자기가 보고 들은 것은 직접 몸으로 경험해야 하는 남편에게 셀추크는 1~2년 쯤 살아봄직한 동네였다. 문화적으로 풍부한 이곳은 오래 머물러도 지루하지 않을 동네였다. 반면에 나는 이곳 사람들 덕분에 이 동네를 사랑하게 되었다. 특히 우리를 마중나왔던 타이푼은 친절함이 몸에 밴 사람이라 대화를 나누는 내내 웃음을 머금고 있었다. 좋은 호텔 직원이기도 했던 그에게 우리는 머무르던 3일 내내 튀르키예에 대해 궁금한 것을 잔뜩 물으며 맛집과 가볼 만한 곳을 추천받았다. 때로는 싱거운 농담도 주고받았고 그 과정에서 2년 후 자기가 이 동네에 치맥집을 차릴 건데, 같이 하고 싶으니 튀르키예로 오라는 제의까지 받았다.

　좋은 사람들과 보낸 3일은 금방 사라졌다. 마지막날 저녁, 내일 이른 아침에 체크아웃을 하고 떠난다고 말하니 타이푼 형이 그럼 따로 우리 몫의 빵을 구워주겠다고 말했다. 튀르키예의 숙소에서는 대부분 조식을 제공한다. 아주 간단하게는 빵과 요구르트, 꿀과 과일 그리고 커피나 차로 구성되어 있다. 그는 우리가 이 조식을 못 먹고 떠나는 것이 내심 신경쓰였는지 그 늦은 밤에 빵 반죽을 하더니 숙성까지 시켰다. 덕분에 그가 요리하는 과정을 옆에서 지켜볼 수 있었는데, 그 과정이 제법 친근하게 느껴졌다. 송편처럼 숙성된 반죽 안에 소를 넣은 빵을 만드느라 분주한 그의 모습을 보니 잠이 훌쩍 달아났다. 누군가 나를 위해 요리하는 장면은 언제 봐도 감동적이다. 그 몇 시간 동안 우리는 손님이 아니라 가족으로 이곳에서 머무르고 있다는 느낌을 받았다.

둘째 날 오후, 주인 할아버지가 구워주시던 갖가지 피데(피타)도, 꽉 차게 익어 물컹하지 않고 쫄깃했던 무화과도, 풋풋한 맛이 상큼했던 귤도 입에 착착 감기기 시작했건만 이제는 헤어져야 한다. 떠나려고 보니 숙소에 흐르는 노래에도 눈물이 난다. 첫날 1층 펍에서 마주친 할아버지들은 마지막날에도 우리와 인사를 나눴다. 한 분은 시장 밥집을 몸소 안내해주셨고, 다른 한 분은 유창한 영어로 여러 장소를 소개해주셨다. 특히 그분은 친구 와이프가 한국 사람이라며, 그래서 한국을 잘 알고 있다고 우리와 마주칠 때마다 늘 말을 걸어주셨다. 얼마쯤 지나야 그의 빨간 코와 웃음기 있는 굵은 목소리가 잊힐까. 사람에게 성을 주면 떠나기가 쉽지 않다. 아 이곳 사람들은 왜 이렇게 다정한지. 그분들과 1층 펍에서 만나 맥주 한 병으로 시간을 흘려보냈던 그 순간 덕분에 오늘 본 하늘과 어제 본 하늘이 전혀 다르게 느껴졌다. 떠나는 순간에는 모든 장면이 소중하니 이곳의 어떤 것들이 추억으로 남을지 알 수 없다. 훗날 다시금 돌이켜보면 그제야 이 풍경이 마음에 오래 남아 있음을 알게 되겠지.

내게 여행은 늘 '사람'인 듯하다. 조금은 부족하고 조금은 덜 보고 서툴러도, 사람이 좋으면 다 만족스러운 여행이 되고 말거든. 아무리 풍경이 좋고 아름다워도 사람과의 이야기가 없다면 그 순간은 시간이 지날수록 색과 향이 옅어진다. 하지만 그 풍경 안에 사람이 있다면 순간은 영원이 된다.

우리와 함께 다니는 아이에게 여행은 무엇일까? 맛있는 것, 재미있는 것, 아니면 유명 관광지를 보는 것? 그 어떤 것도 아이만의 순간으로 기억된다면 그건 완전한 여행이 될 테다. 무엇이 되었든 훗날 이야기해주었으면.

말이 통하지 않아도

우리집에 온 여행자들도 이곳은 너무 볼 것이 없다고 말했던 탓일까? 여행을 떠나기 전에 인터넷 검색을 자주 하지도 않는 내가 하필 이곳을 찾아보았을 때 '크게 볼거리가 없는 동네'라는 말들이 우수수 나와버린 게 문제였을까? 처음 사프란볼루를 들르기로 마음먹은 이유는 딱 한 가지였다. 오스만 제국 때 지은 나무집을 개조했다는 몇몇 민박집들. 구글로 검색했을 때 나온 낡고 퇴색된 나무집들의 유혹에 홀딱 반해놓고서는 지조 없게 타인의 "볼 것 없더라"는 말에 마음이 식어 일정을 줄이고 말았는데……. 사프란볼루에 도착하자마자 나와 남편의 첫마디가 이거였다.

"큰일났다. 이스탄불 호텔은 환불불가로 싸게 잡은 거라 취소가 안 되는데."

그 정도로 사프란볼루는 우리에게 너무나 매력적인 동

네였다. 이곳에서 고작 3일은 분명 우리에게 턱없이 부족할 텐데 어쩌지…… 서로 눈치만 보며 우선 숙소로 들어갔다.

오스만시대의 목조가옥을 개조해서 만든 숙소는 걸을 때마다 소리가 났다. 누가 돌아다니는지 실시간으로 알 수 있는 나무 바닥의 소리는 서툰 초등학생의 노래같이 엉성했지만, 우린 그저 좋다고 부러 마루를 서성이고 계단을 오르내렸다.

오후가 되자 시멘트로 만들어지지 않아 살아 숨 쉬는 나무 벽으로 햇살이 깊숙이 파고들었다. 여행자의 본분을 잊지 말자며 정신 차리고 서둘러간 작은 박물관은 2층짜리 작은 주택식 건물이었다. 전시 내용은 솔직히 꽤나 단조로워 남편을 뺀 나머지 사람들은 순식간에 관람을 끝냈고, 오지 않는 남편을 밖에서 기다렸다. 박물관 정원에는 내일 결혼식이 있는지 사람들이 분주히 테이블을 차리고 있었다. 그 옆에 커다랗고 오래된 시계탑이 있길래 기웃거리니 어린 소년과 엄마로 보이는 분이 올라오라 손짓했다. 영어를 못하지만 우리에게 몸짓 발짓으로 여러 설명을 해주려 애썼다.

지은 지 200년이 되었다는 그 탑의 나무계단을 밟고 위로 올라갔는데, 그곳에서 오직 그 시계탑만을 위해 살아온 듯한 할아버지 한 분을 만났다. 종을 울려 동네 사람들에게 시간을 알린다는 그는 시계탑만큼이나 이 동네에서 오래된 존재 같았다. 세련되지 않은 소리가 다섯 시를 알리고 난 뒤 우리는 할아버지께 한국에서 선물로 준비해간 색동 동전지갑을 드렸다. 시계탑에서 긴 시간을 보내온 주름진 얼굴에 웃음을 가득 머금으니 마치 오랫동안 동네를 지켜온 나무 한 그루처럼 보였다.

시계탑에서 내려오자 아까 우리에게 손짓하던 아이 엄마가 또다시 우리에게 따라오라고 손짓을 보냈다. 그녀를 따라간 곳은 어느 건물에 딸린 전망대였다. 입구에서 정복을 입은 헌병들이 우리를 저지했지만 여자분이 이야기해서 들어갈 수 있었다. 보아하니 일반 전망대는 아닌 모양이었다. 전망대로 발을 내딛는 순간 시원한 바람이 온몸으로 들어왔다 나오기를 반복했다. 이래서 우리를 이곳에 데리고 오고 싶었구나. 어느 나라든 군사 지역은 풍광이 말도 안 되게 좋지만 사진은 찍을 수 없다. 직접 와야만 볼 수 있는 풍경이니 우리 모두 한참을 바라보기만 했다.

넋을 놓고 있는 우리에게 직원으로 보이는 분들이 차를 내왔고 뒤이어 그녀의 남편이 다가와 인사를 건넸다. 그러고는 내일 오후 한 시에 시간이 된다면 이곳으로 와서 함께 점심을 먹자고 제안했다. 그후에 보여주고 싶은 것이 있단다(이분도 영어는 어려운지 직원들이 대신 말을 전해주었다). 안 될 게 무엇 있겠나, 우리는 다음 날 아이를 대동한 그들 부부와 전망대에서 식사를 했다. 두 사람은 직원이 깔아줬다며 핸드폰에 번역기 앱을 보여주었다. 그렇게 한참을 서로 핸드폰을 주고받으며 대화를 나누다, 풍경이 너무 좋다고 말하니 남편분이 우리에게 사진을 찍어도 된다고 허락해주었다. 하지만 우리는 이 경치를 마음과 눈에 담기로 했다. '하지 말라는 것 하지 않기. 가지 말라는 곳 가지 않기'가 나의 여행 철칙이다.

식사를 끝내고 두 사람은 우리를 현지인들만 가는 여행지로 안내했다. 우리나라에서도 유행하는 스카이워크처럼 유리 지지물 위를 걷는 아찔한 체험을 할 수 있는 곳이었다. 튀르키예인들만 가득한 그곳에서 우리는 한국인이라는 이유로 약간의 연예인 체험도 할 수 있었다. 사람들은 함께 사진을 찍자 하거나 몇 마디 서툰 한국말을 건네기도 했다. 어떻게 배웠느냐니까 드라마를 보며 배웠다는 대답이 돌아왔다. 특히 히잡을 쓴 소녀들은 우리 딸과 함께 사진을 찍고 싶어했다. 또래 친구들과 깔깔 웃으며 사진 찍는 모습을 보니 저 나이대 아이들에게 나라나 언어는 정말 아무런 장벽이 되지 못한다는 걸 다시금 깨달았다.

드라이브와 산책을 마치고, 시장에서 커피를 한 잔 마시는 것으로 우리의 짧은 여행이 끝났다. 우연히 만난 친절한 가족들 덕분에 겉핥기식 여행이 아니라 진짜배기 여행을 할 수 있어서 너무나 감사했다. 부부는 다음에 올 때 숙소를 잡지 말고 자기 집으로 오라는 말도 남겼다. 다니는 내내 우리는 핸드폰을 붙잡으며 대화를 나눴지만 정을 쌓는 데에는 전혀 문제가 되지 않았다. 이렇게 우리는 사프란볼루에서 잊을 만하면 서로의 안부를 묻는 이들을 얻었다.

헤어질 때 그 부부네 아이의 눈에 맺힌 촉촉한 눈물을 보았다. 아가, 말도 통하지 않는 너의 손을 꼭 잡고 다니고, 네 무릎에 앉는 그 따스하고 다정했던 시간을 어쩌면 너보다 그 아이가 더 오래 기억하겠지. 네가 어릴 때 다른 사람들로부터 받아온 다정함을 이제 네가 돌려줄 만큼 자랐구나 싶다. 너도 좋은 안내자가 될 거야. 상대가 누구든 간에 너는 사람을 생각하는 마음이 남다른 아이니까.
하지만 제일 우선은 너를 사랑하는 마음이야. 너도 애정을 받아왔다는 사실을 까먹지 않아야 다른 누군가에게 다정을 나눌 수 있어. 그것만 잊지 않는다면 계속 사람들과 사랑을 주고받을 수 있겠지. 말이 통하지 않고, 사는 곳이 다르더라도.

낯선 곳에서의 환대

사프란볼루를 검색하다가 그 인근이라며 올라온 사진 한 장이 있었다. 카라뷔크 지역의 예니제숲Yenice 속에 있는 어딘가라는 것만 알겠고 이름도 주소도 확실하지 않았지만, 그곳에 가고 싶다는 나를 위해 남편은 차를 끌었다. 도착한 마을은 우리나라 강원도 또는 지리산 오지 같은 곳이었다. 얼마나 오지였냐면, 외국인은 올 이유가 없는 곳이란 듯 마을 입구에서 나의 유심이 끝나버렸다.

자연과 숲을 좋아하는 나의 아집으로 들어선 마을 한구석에 남편은 막막하게 차를 세웠다. 유심도 터지지 않고 내비게이션도 먹통이니 돌아가는 것도 한참 걸리겠지. 길눈이 밝은 남편은 어떻게든 도로를 되짚어가기야 하겠지만, 핸드폰이 먹통이 된 와중에도 숲에 미련이 남은 나는 땅바닥만 내려다보고 있었다. 그러자 남편이 주변을 둘러보더니 저 가게에서 유심을 팔 것 같다며 나를 이끌었다.

그곳에서 파는 유심은 단 한 종류뿐이었다. 여행 일정이 일주일밖에 남지 않은 우리에게는 데이터 용량이 과하게 크고 가격도 비쌌지만 숲을 찾아가고자 마지못해 구매해 유심을 갈아끼웠다. 그러고는 혼자 있던 가게 직원에게 내가 가진 사진을 보여주며 이곳이 어딘지 그리고 어떻게 가는지를 물어보았다. 영어를 못한다던 그녀는 내 사진을 유심히 보더니 컴퓨터로 이것저것을 검색하기 시작했다. 하지만 이거다 싶은 것이 없었는지, 잠시 기다리라는 듯 손짓하고는 밖으로 나가 옆집 이발소에서 웬 아저씨 한 분을 데려왔다. 그렇게 둘이서 컴퓨터 사진을 보며 열심히 무어라 이야기를 나눴지만 결국 해결이 안 되었나보다. 그들은 또 옆집 가게로, 또 옆집 가게로 사람을 부르러 가더니 급기야는 온 동네 분들이 모여 사진 속 장소가 어딘지 고민하는 상황까지 연출되었다.

그 과정에서 가게 직원은 우리에게 차까지 대접했다. 그들은 낯선 이방인들이 던져준 과제에 짜증을 내거나 모른 척하지 않고 참으로 열심히 노력했다. 귀찮을 법도 한데 누구 하나 자리를 떠나지 않는 것이 참 감사하기도 하고, 영어가 전혀 안 되는 저들과 내가 눈짓과 손짓으로 소통하는 것도 신기했다. 제법 시간이 흘렀을 무렵, 누군가 탄성을 냈다. 다들 그가 찾은 장소의 사진을 보더니 고개를 끄덕였다. 그곳은 바로 셰케르협곡Şeker Kanyonu이었다. 우리도 얼른 그곳을 검색해 여러 사진을 살펴보았다. 여기다! 우리가 활짝 웃으며 고개를 끄덕여 보이자 모두들 "셰케르!"라고 외치며 박수를 쳤다. 몇몇은 얼마나 기뻤는지 환호성을 지르며 우리를 안아주기까지 했다.

낯선 이방인에게 내어준 마음이 그들이 내어준 차보다 더 뜨겁게 다가왔다. 이것 또한 기념할 일인 듯해, 우리는 기다리는 손님이 있었는지 헐레벌떡 돌아간 몇몇 사장님들을 제외한 나머지 분들과 사진을 찍었다. 태생이 정이 많은 사람들일까, 떠나는 우리에게 모두 손을 흔들어준다. 그 투박한 손짓에 가슴이 흔들렸다. 그들을 보며 한 가지를 다짐했다. 내게 찾아오는 모든 사람에게 온 마음을 다하자. 희미해지면 오늘을 생각하자. 그렇게 낯선 곳에서 낯선 이에게 받은 친절을 갚기로 했다.

이후로도 참 많은 곳을 여행 다녔지만, 몇 년 살고 싶다는 생각이 든 곳은 이 지역이 유일하다. 그곳의 작은 시장 풍경이 아직도 내 눈꺼풀 위에 자리잡고는 잊지 말라 종용하듯 도통 내려가지를 않는다. 내 나이가 더 늦기 전에 이 꿈을 내 현실에 추가해보고 싶다.

사람이 사람에게 찾아온다는 건 꼭 말이 통하고, 서로를 깊이 알아야 하는 건 아닌가보다. 몇 마디 주고받은 것이 전부였지만 그 자리에 있던 모두를 한마음으로 모았던 그 시간을, 그들이 준 감동을 우리도 누군가에게 갚으며 살자.

모든 게 좋을 수도 없고, 모든 게 나쁠 수도 없는 날들이다. 그러니 오늘 하루 가운데 좋았던 일을 먼저 떠올릴 수 있다면 그날은 그냥 좋은 날이 된다. 그런 날을 낯선 이에게 선물할 수 있는 사람이 되자.

사랑은 포도를 타고

괴레메 지역에 도착해서는 자동차와 함께 운전기사분을 섭외했다. 도로포장이 거의 되지 않은 지역을 부정확한 내비게이션만 붙잡고 헤매고 다니기 애매했고, 무엇보다 남편도 편안한 여행이 되기를 바라는 마음도 있었다. 기사님은 조용하고 운전도 잘해주셔서 한두 번 식사를 대접하고 팁도 챙겨드렸다. 정해진 루트만 고집하지 않고 우리가 도중에 이름 모를 작은 마을에 세워달라 하면, 마을을 한 바퀴 돌고 올 때까지 기다려주시는 게 감사했다.

그렇게 튀르키예의 어느 마을을 걸었다. 마을 초입은 황량해서 마치 영화 〈스타워즈〉 속 황폐함이 느껴졌다. 마을 이름이 쓰인 간판이 없었지만 굳이 알 필요도 없었고, 알려고 하지도 않았다. 한참을 걷다보니 아기자기하고 아담한 집들이 서로 등을 기댄 채 나타났다. 그러다 어느 집 테라스에서 포도를 수확하는 부자의 모습이 보였다.

"저 포도 좀 봐. 맛있겠다. 이 집은 포도를 2층에서 바로 수확할 수 있구나."

두런두런 이야기하니 우리 일행이 소란스러웠는지 그들과 눈이 마주쳤다. 미안해서 자리를 피하려는데 부자가 포도 든 손을 아래로 뻗어 우리에게 한 송이씩 주었다. 뉘 집 담벼락인지도 모르는 곳에 나란히 붙어 서서 그들의 마음이 담긴 달콤한 포도를 모이 먹듯 알알이 먹었다.

우리는 항상 여행 중에는 루틴처럼 저녁식사 후 디저트를 먹으며 그날 하루를 이야기하는 시간을 가지는데, 모두 그 포도를 언급했다. 맛있었다, 고마웠다 등등. 꼭 화려하거나 입이 벌어질 것들이 아니어도 베풀 수 있다. 큰 것만 보고 작은 소중함을 소홀히 하거나 업신여기지는 말아야지. 그날 먹었던 그 한 송이의 포도에 많은 생각이 들었다.

그렇게 베풂과 나눔에 대해 생각하며 숙소로 돌아오는 길, 아는 지인의 부고 소식에 잠시 속이 텅 비는 듯했다. 죽음 앞에 번호가 주어지지 않는다. 잊고 살지만 매일 한 걸음씩 죽음을 향해 나아가는 시한부 삶이다. 타인이나 개인을 위해 또는 사회를 위해 온 에너지를 바치는 이들도, 자기만을 온전히 사랑하는 이들도, 가족만을 위해 애쓰는 이들도 피할 수가 없는 게 죽음이지만 이렇게 갑작스러울 수가.

나는 지금 어떻게 살고 있을까. 이타적인 척 사는 건 아닌지, 내일을 모르는 내가 피라미드의 꼭짓점에 있는 양 살지 않는지, 살아가면서 고개를 숙일 줄 아는지 고고한 것과 거만한 것을 분별하지 못하는 건 아닌지. 이런 소식을 접하면 몇 번이고 나를 돌아보게 된다. 특히나 다시는 돌아오지 않을 삶의 순간이라는 것이 몇 배로 더 절감되는 여행지에서라면 더더욱.

그가 별이 되었다 믿고 싶다. 이제부터 별로 살아갈 거라고. 그래서 오늘밤엔 널 실컷 보려 한다. 낮의 포도알과 밤의 별은 한동안 나의 이정표가 되어줄 거다.

강가에서 너를 지켜봤듯

엄마는 습관처럼 어린 나에게 아빠 얼굴도 모르고 자라는 동생이 불쌍하다고 말했다. 하지만 어릴 적부터 동생은 씩씩하기 그지없었다. 선머슴 같은 개구쟁이 동생은 고향집 둑 아래에서 친구들과 자기보다 더 어린 아이들까지 줄줄이 이끌고 다녔다. 둑 위로는 자운영이 흐드러지게 피어 바람이 일 때마다 보랏빛이 물결쳤고, 그 아래에는 달큼한 내음을 흩날리던 토끼풀의 초록빛이 선명했다. 그 짙은 초록을 밟고 뛰어다니던 동생의 모습이 지금도 눈에 선하다. 길 입구에 흔들리며 서 있던 미루나무도, 툭 치면 방울소리가 날 것 같았던 우뚝선 플라타너스도 또래 친구들을 호령하던 동생을 지켜보았을 것이다. 동네에서 골목대장 노릇을 톡톡히 해가며 동생은 나와는 다른 방식으로 세상 살아가는 법을 알아차렸다.

버스도 다니지 않던 시골 동네에도 봄에는 아이들의 먹

거리가 간간이 얻어졌다. 출처는 물론 청정한 자연이었다. 나는 유독 혼자 시간을 잘 보냈고, 이런저런 먹는 것에 관심이 많아 찔레순의 굵은 줄기를 벗겨 먹기를 좋아했다. 반면 동생은 그런 쪽에는 별 관심이 없었고 그저 밖으로 나가 뛰어다니며 놀기를 더 좋아했다. 그래도 삘기는 예외였다.

띠의 어린 꽃이삭인 삘기가 볼록해지면 한 움큼 뽑아서 안으로 말린 잎을 또르륵 벗겨냈다. 그럼 솜털같이 부드러운 속살이 나온다. 그걸 입에 넣고 씹으면 향긋한 연둣빛 단맛이 났다. 동생도 나와 함께 곧잘 삘기를 뽑으러 다녔다. 해가 둑 넘어 저수지로 쑥 빠지기 전까지 둘이 함께 입안 가득 삘기를 오물거렸다.

우리 동네에는 강이 있었는데, 날이 추워져 빨래하던 가장자리의 얼음조차 방망이로 두들겨도 깨지지 않고 구성지게 우는 소리만 내면 어른들은 더이상 강가로 나오지 않았다. 그러면 그곳은 아이들의 놀이터가 되었다. 다들 얼음지치기를 하고 썰매를 타고 팽이를 돌렸지만, 겁 많은 나는 그 난장판을 시종일관 누비고 다니는 동생을 부르거나 지켜볼 뿐 끝내 그 속으로 들어가지 못했다. 내가 위험하다고, 이리로 오라고 소리쳐 불러도 동생은 못 들은 척 해가 개미산 허리춤에 다다를 때까지 신나게 놀았다. 그럼 동생 부르기를 포기하고 그곳에서 얼음이 우는 소리를 들었다. 봄이 온다고 질러대는 얼음소리에 귀 기울이다보면, 어느 날 그 아래로 물이 비치고 두꺼운 얼음이 갈라져 강물 위에 둥실 떠다니는 얼음 배가 만들어지는 걸 볼 수 있었다. 아이들 틈에 뛰어들어 함께 어울리지도 못하면서, 그렇게 오랜 시간 동생을 바라보았다.

지금 와서 생각해보면 내가 아이를 키울 때 생활규칙에 엄격하게 구는 것은 어린 시절의 영향이 크다. 그 시절 혼자서 아이 둘을 키워야 했던 엄마는 우리를 무척이나 엄하게 기르셨고, 나는 그런 엄마의 규칙을 어기는 것을 상상조차 못했다. 하지만 동생은 영리하고 꾀가 많아 틈틈이 엄마 눈을 벗어나 늦게까지 연못가에서 놀다 신발 한 짝을 흘리고 오거나 엄마와 흥정해 식사시간 외 간식을 얻어내기도 했다. 동생의 그런 유들유들한 모습이 마냥 신기했다. 내가 유독 엄마에게 어리광을 부리지 못한 까닭은 어릴 때 함께 살지 않아 알게 모르게 생긴 마음의 거리 때문이었을지도 모른다. 나에게 엄마와 동생은 투명하고 얇은 유리 너머의 존재였다.

동생의 사랑스러움은 비단 엄마에게만 통하는 것이 아니었다. 동생은 주위에 늘 친구가 많았다. 환하게 주위를 밝히는 동생의 웃음이 부러웠다. 얼마나 환한지 그 눈부심이 가끔 샘날 때도 있었다. 그럴 때마다 나는 나를 다독였다. 동생은 돌 지나 돌아가신 아빠의 얼굴도 모르고 자랐잖아. 엄마가 항상 동생을 먼저 챙기고 내게도 그 역할을 지시하는 까닭은 그 안쓰러운 마음이 앞서서 그런 거야. 나는 할머니와 세상이 내 것인 양 살아봤으니까 괜찮아. 동생을 어여삐 여기고 잘 챙겨야지…… 하지만 사실 어린 마음에 괜찮아지는 것은 하나도 없었다.

엄마의 성향을 고스란히 물려받은 동생은 반듯하게 자라며 정리정돈이나 청소를 반질거리게 잘 해내고 늘 성실했다. 엄마의 오랜 바람처럼 직장에서 최고 자리에도 올랐다. 몸이 약한 것만 빼면 무엇 하나 부족한 점이 없었다. 그러나 내게는 늘 챙겨줘야 마음이 편한 아이 같은 동생이었다. 오늘 하루 직장에서 별일 없었는지, 제부와는 잘 지내는지, 조카들이 속 썩이지 않는지, 밥은 잘 먹고 잠은 잘 잤는지, 몸은 괜찮은지. 나는 늘 동생을 손에 꼭 쥐고 살면서 애달파했다. 동생은 원하지도 않았는데 나 혼자 그러고 살았다.

어느 날 보니 나는 동생이 내게서 벗어나지 못하게 꽁꽁 묶어두고 있었다. 여러모로 훌륭하고 싹싹해서 어떨 때에는 샘이 나는 존재였음에도, 마음 어느 한편에 계속 엄마의 말버릇이 불문율처럼 내려온 걸까. 너의 유일한 피붙이인 동생, 아빠 얼굴도 모르는 너의 동생. 교육받은 대로 애정하는 관계가 가족이라 할 수 있을까. 유리 너머의 동생과 이어지기 위해 계속 그 너머로 손을 내밀어 꽉 쥐고는 놓지 않았다. 과연 내가 쥐고 있던 건 내 동생이었을까, 아님 나였을까.

요즘에는 동생과 거리를 두려고 노력 중이다. 벌어진 거리만큼 나는 혼자 걸어가보려고 한다. 어느 날 나의 흔적이 점차 엷어지고 이내 사라져도 동생이 휘청거리지 않기를 바란다. 나 역시 마찬가지고. 물리적인 거리가 생겨난 지금만큼 마음의 집착도 뚝 떼어내려 한다.

가슴 한편이 쓰린 내 감정을 무디게 풀어두고, 그저 여느 자매처럼 사랑하는 언니와 동생으로 지내야지. 매일 안부를 물으며 서로를 챙기고 살피는 일을 게을리하지는 않겠지만, 옭아매는 애정 말고 지켜보는 애정으로 동생을 바라보고 싶다. 여전히 사랑하는 유일한 내 피붙이, 또다른 나인 너를, 그 어느 겨울날 강가에서 지켜본 것처럼.

원추리꽃밥

준비물
원추리꽃, 쌀,
간장양념장

① 원추리꽃을 따서 수술을 제거하고 씻어둔다.

② 쌀을 씻어 체에 30분 동안 받쳐두고, 쌀과 같은 양의 물을 넣어 밥을 짓는다.

③ 뜸 들일 즈음 꽃을 얹고 10분 정도 기다린다.

④ 그릇에 담고 간장양념장과 함께 비벼 먹는다.

오늘의 시름 한 가지를
뚝 끊으려 밥을 지었다
그대와 함께하지 못한 버려진
시간의 미련도 함께 넣어버렸다

보드랍고 들큼한 밥이
뜨겁게 밀고 들어가도
가슴 한편이 시원해지지 않는다
밥 한끼에 내려갈 시름 한 덩어리는
아니었나보다 그대는

내일만은
오늘보다 한 눈금은 나아져 있기를
살아진 그날들이 대견한 그날에
가만히 그대를 안아볼 수 있기를
안부를 전한다

홑잎밥

준비물
홑잎나무(화살나무)순,
소금, 쌀

① 홑잎을 물에 헹구어 소금 한 꼬집 넣은 물에 살짝 데친다.

② 나물을 건지고, 데친 물은 버리지 않고 따로 분리해둔다.

③ 쌀을 씻어 체에 올려놓고 30분 후, 쌀과 동량의 홑잎 데친 물을
넣고 밥을 짓는다. 그럼 밥이 연두색으로 곱고 향도 좋다.

④ 쌀이 익고 뜸 들일 무렵에 홑잎을 넣는다.

⑤ 그릇에 담고 달래장*을 만들어 비벼 먹는다.

* 달래장 만들기: 조미간장에 깨를 듬뿍 갈아 넣고, 달래도 종종 썰어 듬
   뿍 넣어준다.

"홑잎을 많이 훑었는데 나물할까?"

"엄마, 홑잎은 밥이지. 그래야 봄이지."

어릴 때부터 많이 먹어서인지 철이 되면 습관처럼 아는 맛. 독립하여 따로 지내는 아이는 올해 홑잎밥을 못 먹게 될 거다. 그래도 너에게는 더 찬란한 봄이 찾아올 테니, 이 밥은 못 먹어도 아쉽지 않겠네.

"엄마, 봄나물 먹고 싶어"라는 소리도 올해는 잊어버리 겠지. 그럼에도 봄이 너와 함께일 테니, 부지런한 며느리도 세 번만 딸 수 있다는 홑잎을 잔뜩 훑어다 오늘 오신 분들과 너 없는 자리를 채워봐야겠다.

꿈이자 묵상

우리는 해마다 감을 만져 곶감과 감말랭이를 만든다. 우리에게 곶감은 한 해의 꿈이다. 밭에서 잘 익은 감을 따내는 순간부터 작업은 시작된다. 일은 고되고 힘들지만 동글동글 주홍빛 감을 살포시 손으로 쥐고 있으면 손안에 말간 희망의 빛이 들어오는 듯하다. 하나둘 앞치마에 담겼다가 상자에 차곡차곡 쌓이는 그 고운 빛깔에 고단함은 가을의 바람이 다 가지고 달아난다.

　한 알씩 껍질을 깎아 손질해 매달고 나면, 50여 일 가까이 하루에도 몇 번씩 안부를 묻고 살펴야 한다. 비가 오면 온 집 안의 선풍기로 바람을 쐬어주고, 쾌청한 바람이 불면 문을 열어 바람을 한껏 맞힌다. 반대로 추우면 모든 틈새를 꽁꽁 여며 감들이 얼지 않게 한다. 신경을 많이 써야 하지만 마음을 들인 만큼 달콤한 결과가 나오기 마련이다. 40여 일 정도 지나 단단한 감이 물컹한 홍시가 된 뒤부터는 시간에게 모든 걸 맡긴다.

얼고 녹기를 반복해서 겉면이 마르면 이제 감을 내릴 때다. 한 알 한 알 주물러 채반에 고깔 모양으로 눕혀 바람과 햇살 속에 넣어두고, 일주일쯤 지나면 도넛 모양이 되도록 또 한번 만져주고는 다시금 바람과 햇살에게 부탁한다. 감들이 적당히 말랐다 싶으면 비슷한 색과 적당한 크기별로 곶감을 골라 박스에 포장해 냉동고에 넣어둔다. 일주일쯤 마지막 숙성을 보내면 완성이다. 매해 찬바람이 불기 시작하면 맞이하는 우리의 달콤한 꿈이다.

곶감이 우리에게 꿈이라면 감말랭이는 묵상이다. 껍질을 깎고 반으로 가르고 씨앗을 들어낸다. 채반에 눕힌 후 이틀에 한 번, 날이 흐리면 하루에 한 번 감들을 뒤집어줘야 한다. 이 광합성 과정은 우리집 뜰에서 진행된다. 남편이 틀어놓은 음악이 가득 흐르는 뜰에서 나는 햇살을 등에 업고 뒷덜미가 뜨겁도록 감을 뒤집는다. 고된 작업처럼 보일지 모르겠지만 어느 순간 무아지경에 빠져 모든 잡생각을 비우고 그저 감을 뒤집는 일은 제법 즐겁다. 누군가 전화나 문자로 나를 끄집어내지 않으면 몇 시간이고 그대로 있을 정도로 온전히 나에게 빠지는 시간은 흔치 않다. 이렇게 느린 작업들이 좋다. 건조기로 며칠이면 완성되는 걸 모르지 않는다. 편리함과 나의 고립된 시간을 바꿀 수는 없다. 느리지만 오롯이 소유할 수 있는 시간에 갇히는 것. 다른 무슨 일을 해야 이렇게 즐거운 고독에 잠길 수 있을까? 아직은 내게 '감을 뒤집는 일' 말고는 없다.

한 달이 좀 지나고, 말랭이들 가운데 껍질이나 꼭지 일부가 남은 것을 쪽가위로 제거한다. 그렇게 젤리같이 잘 마른 아이들만 비닐에 담아 실내에 하루 정도 재운 뒤 포장해서 다시 냉동고에 며칠 보관한다. 판매하고 남은 감말랭이는 고추장에 무쳐 손님상에 올리고, 보관 과정에서 상품성이 떨어지거나 크기가 작은 녀석들은 손님들 찻상에 디저트로 나간다.

해마다 감 일을 하며 남편과의 의견대립도 있었고, 날씨가 궂어 예상치 못하게 일이 미뤄지는 바람에 새벽을 달리기도 했다. 남의 집 기계를 빌려 감을 깎다보니 남편은 우리 집에서 다른 곳으로 20킬로그램이 넘는 감 박스를 몇 번이나 들었다 놨다 했는지 모른다. 악력도 근력도 약한 내가 그 일만큼은 도와줄 수 없어 늘 안타깝기만 했는데, 드디어 귀촌한 지 9년째인 작년에 무리해서 박피 기계를 샀다. 그 어떤 일을 해도 수작업으로만 하지 절대 기계까지는 사지 않을 거라는 나의 결심은, 이 동네는 다들 감을 걸어두니 우리도 별다른 이변이 없는 한 계속 곶감을 만들 것이라는 예감과 함께 꺾이고 말았다. 몇 년째 눈물겹게 수고하는 남편을 위해 기계를 들여 작업 동선을 줄이고, 남편이 최대한 덜 수고하도록 만드는 것이 상책이라 생각해 '절대'를 분질러버렸다.

그래서 작년부터는 남편과 둘이, 가끔은 이웃이나 집에 오신 손님과 함께 감을 깎았다. 손님들이 도맡아서 말랭이를 뒤집기도 했고 어느 날은 감을 걸기도 하더니, 감 내릴 때 다시 집에 찾아와서 작업을 돕겠다는 손님들도 있었다. 크리스마스와 연말에는 가족들과, 또는 혼자 다시 오시니 한번 타기 시작한 사람 손이 이토록 무섭구나 실감했다.

밥 때마다 음식을 만들어 같이 먹은 뒤 작업하고, 그러다 새참도 챙기고, 밤에는 와인을 풀어 노동주를 즐기는 그 축제 같은 시간이 모두에게 주어졌다. 그날을 함께한 '우리'는 겨울만 되면 그 기억을 선명하게 되새기지 않을까? 그 기억이 우리를 연결하는 고리가 되어 따스한 시간을 빚었다.

흙을 만지며 농작물을 거두고, 나무와 꽃을 가꾸는 사람들은 알 것이다. 이들이 주는 위안과 치유의 힘을, 그 속에서 온전해지는 사랑을.

눈을 감고 생각하면 이곳에서 일어나는 모든 광경이 따스한 그림 같다. 시골생활이 만만할 리 없지만, 순간순간을 넘기면 참 아름다운 시간이 우리에게 주어졌구나 깨닫는다. 솔직히 나에게 여유란 게 생기면 1순위로 그만둘 일은 곶감이지만, 우리가 이 일을 계속하는 동안에는 진심을 다해 감한 알도 허투루 대하지 않을 것이다. 고운 빛깔의 감은 우리에게 꿈이자 묵상이니까.

감이 맺어준 연

어느 해 가을, 민박집에서 손님들과 저녁을 먹고 있을 때였다. 조금 늦게 도착하겠다는 한 손님의 연락을 받은 터라 느긋하게 다른 손님들과 한참 식사를 하고 있었다. 시간이 어느 정도 흐르자 예의 그 손님이 피곤한 기색을 드러내며 나타났는데 그 손님이 바로 주연이었다. 주연은 나를 언니라 부르기도, 이모라 부르기도 어중간한 경계의 나이를 가지고 있었고, 혼혈이나 외국인이라 해도 믿을 법한 어여쁘고 도도한 분위기를 풍겼다. 단 하룻밤이라도 저 세련된 아가씨가 다른 사람들과 부대끼며 머무를 수 있을까 걱정했지만, 웬걸 노파심이었다. 걱정이 무색하게도 그녀는 초면인 손님들과 스스럼없이 어울리며, 모든 음식을 잘 먹고 술도 시원시원 잘 마셨다.

감 수확이 궁금해서 친구의 친척집에 감을 따러왔다는 주연은 수확이 굉장히 재밌었다며 사실 더 머무르면서 감을 따고 싶었지만 오히려 그분들이 부담스러워하느라 오늘밤 우리 민박에서 자고 내일 서울로 올라간다고 말했다. 슬쩍 남편이 "그럼 내일 친구네로 같이 감 따러갈래요?" 하자 주연은 오전만이라도 가능하다면 일손을 돕겠다고 덥석 제안을 받았다. 그럼 10여 일 뒤에 있을 곶감 작업에도 오라고 말을 던져보았는데 그 역시 너무 좋다며 선뜻 고개를 끄덕였다. 그렇게 주연은 처음 본 손님들과도 친근하게 어울리다 잠이 들었고, 다음 날 남편과 함께 진짜로 친구네 감을 따러 일찍 방을 나섰다. 그날 일을 마치고 온 남편에게 전해듣기로는, 주연이 일을 어찌나 잘하던지 그곳에 있던 모두가 칭찬일색이었단다. 성공회신부님과 원주씨는 주연이 산청에 자리를 잡거나 이곳 신랑감을 알아봐야 한다고, 다른 곳에 보내기는 아깝다는 우스갯소리까지 했다.

　　며칠 뒤 주연은 약속대로 우리집에 내려왔고, 감 깎는 마지막날에 함께 원주씨네 작업에 합류했다. 그녀는 그야말로 일당백이었다. 나와 함께 껍질이 벗겨진 감의 윗동에 고리를 걸었고, 감 박스를 저온창고에서 컨베이어벨트로 척척 옮겨놓았다. 몸을 사리지 않는 것만으로도 감사한데 다음 공정이 무엇일지 미리 짐작해 작업 준비까지 척척 해냈고, 그 무렵 잦은 비로 감 일부에 곰팡이가 피어 불량품을 솎아내는 새

벽작업에도 손 하나라도 더 보태겠다며 우리와 같이 잠을 설쳤다. 몇 날 며칠 일하는 내내 주연은 우리의 사랑둥이 역할을 톡톡히 해내면서 만 개에 가까운 감을 작업해 걸어놓았다.

떠나기 전날부터 '마지막'이라는 단어는 금지라며 으름장을 놓더니, 고생했으니 밥이라도 한 끼 사주겠다는 내 마음을 끝끝내 사양하며 가능하면 끝까지 이 공간에 더 머물고 싶다고 말했다. 그렇게 진짜진짜 마지막날이 되자 주연은 아무렇지 않게 금방 또 올 듯, 내일 다시 볼 사람처럼 돌아가는 차에 올라탔다. 당사자는 산뜻하게 떠나는데 나는 주책스러운 눈물이 나올까봐 안아주기는커녕 눈 맞추고 잘 가라는 인사도 못 했다. 얼마 안 가 주연은 올라가는 버스 안에서 결국 눈물이 터졌다며 톡을 보내왔다. 또 만날 날이 있겠지, 우리의 인연이 이제 시작이니깐.

아직도 주연은 바쁜 일상 중에서도 틈틈이 안부 연락을 보내고, 사는 이야기를 나누고는 시간이 날 적마다 민박집에 가끔씩 놀러온다. 과거 어느 여행커뮤니티의 영상편집자였어서 그런지 우리와 '여행과 음식'이라는 관심사가 겹쳤다. 덕분에 나이 차를 이겨내고 함께 공통주제로 수다스런 시간을 수없이 보냈고, 고되기만 한 노동 속에서도 밥과 노동주를 즐기며 배꼽 잡고 주저앉아 웃는 날이 많았다. 어디에 가도 무엇을 해도 지금처럼 사람들에게 이쁨받고 인정받을 주연이를 남편은 천사라 했고 나는 엄마가 보낸 선물이라고 했다.

"할 이야기가 많아요. 가서 이야기할게요."

입버릇처럼 자주 말하는 이 문장대로, 주연은 항상 우리와의 인연을 미래에 걸어둔다. 그런 주연을 맞으러 난 오늘도 이 자리에서 대롱대롱 흔들리는 우리의 연을 바라보고 있다.

널 보러 갈게

"숙아, 이것 좀."

"숙아, 저것 좀 가져와."

　나의 입술 끝에 붙어 있는 이름이 있다면, 바로 '숙'이다. 우리가 민박을 시작하고 얼마 지나지 않았을 무렵, 현숙은 시어머님과 가족을 데리고 지리산으로 여름휴가를 왔었다. 그때는 코로나 시절이 아니라서 그날 계신 손님들과 다 같이 밥을 먹고 차를 마시며 이야기를 나눌 수 있었다. 그녀가 어찌나 유쾌했는지, 그녀 덕분에 그날 모든 사람들이 허리춤을 풀고 호탕하게 웃는 시간을 가졌다. 씩씩한 그녀는 그렇게 타인을 즐겁게 만들고 떠났지만, 나는 그녀의 발뒤꿈치쯤에 달린 그늘을 보았다. 분위기를 하늘 위로 쏘아올리는 그녀의 높은 텐션에서 마치 불꽃의 파열음 같은 텅 빈 공허함이 느껴졌기 때문이다.

시간이 흐르고 한 해가 지났다. 그녀는 힘없는 아이의 목소리로 내게 전화를 걸었다. 우울증이 심해서 한동안 아무것도 할 수 없었다고, 조금 움직일 만하니 언니 밥이 먹고 싶어졌다고 말했다.

"근데 내가 가도 될까요."

나는 그녀의 말이 바닥에 떨어지기도 전에 답했다.

"와요. 언제든지."

그녀는 그렇게 딸과 둘이서 다시 민박집을 찾았다. 이틀 밤을 보내는 동안 눈이 붉어지게 울기도 많이 울었다. 어떠한 희망도 잡으려 들지 않는 모습에 나는 그녀를 그저 안아줄 수밖에 없었다. 현숙은 몇 번 더 여행으로 지리산을 오가다가 조심스럽게 말을 꺼냈다.

"언니, 나 여기서 일 년 살이 해보고 싶어요. 가끔 일도 나가고, 일 없는 날에는 언니랑 같이 지내고. 그렇게 살아보고 싶어요."

그 무렵 현숙에게는 고등학생 아들과 중학생 딸이 있었다. 미성년 자녀를 두 명이나 둔 그녀가 다른 방면으로라도 어떻게든 살아보겠다고 내게 손을 내민 것이다. '살고 싶지 않다'는 말만 머릿속을 맴돌았을 그녀에게서 간신히 '살고 싶다'는 실낱이 나타났다. 그 실낱을 잡아보려는 그녀의 손이 어찌나 절박했던지 "그래, 와. 바로 와"라고 얼른 대답했다.

　　현숙의 일 년 살이가 결정되자마자 바로 그녀가 지낼 원룸을 알아보았다. 같이 생활하더라도 잠은 따로 자야 하지 않을까 싶어서였다. 아무리 손발이 잘 맞는 사람끼리라도 각자 독립적인 시간이 있어야 서로 얼굴 붉히지 않고 오래 지낼 수 있다. 다행히 그녀도 그게 좋다고 했다. 마침 면 소재지에 여성 전용 원룸이 있었다. 그곳을 계약하면서 우리와 그녀의 시간은 시작되었다.

　　현숙은 주말에 집으로 돌아가 아이들을 챙기고 주중에는 우리 부부와 함께 아르바이트로 곶감용 감을 깎거나 양봉 농가로 따라나섰고 틈틈이 민박 일을 도왔다. 물론 같이 놀고 여행도 다녔다. 어느 날은 연락 없이 모습이 보이지를 않아 가슴이 철렁 내려앉았던 적도 있다. 그 이후로 현숙의 남편에게 언제든 우리가 데리러갈 테니 편하게 연락달라고 당부해두었다.

　　옛말에 '드는 정은 몰라도 나는 정은 안다' 했던가. 나는 그녀에게 스며들어버려 현숙이 원래 자리로 돌아갔을 무렵에는 빈자리에 놓인 마음의 잔재들 때문에 한차례 앓기까지 했다.

　　지금 그녀는 잘 지내고 있다. 아니 잘 지내기 위해 부단한 노력 중이다. 우리집엔 혼자 오시는 분이 많은데 그 가운데 몸이 아프시거나 마음이 아프신 분들이 유달리 많이 오신다. 그런 손님이 오고간 뒤 현숙에게 이런저런 손님들이 왔다 갔다며 이야기하니 그녀는 웃으며 말했다.

"언니, 미안해. 내가 시작을 끊어서 그런 사람들이 많이 오나봐."

오늘도 그녀와 전화로 나눈 대화에는 서로에 대한 그리움과 애정이 가득하다.

"언니 별일 없지, 나도 별일 없어."

"요즘 너무 바쁘다. 보고 싶네."

"그럼 언니가 와."

그래, 내가 갈게, 이제는 널 보러 내가 갈게. 그러니까 우리 지나온 시간에 발목 잡혀 주저앉는 짓은 이제 하지 말자. 살아갈 오늘이 쌓여서 내일은 좀더 나아 있을 거야. 현숙아, 다 괜찮아.

오가피순비빔밥

준비물
오가피순,
된장국 재료(된장, 양파,
두부, 호박), 들기름

① 생오가피순을 씻어서 큼직큼직하게 썰고, 밥을 지어둔다.

② 평소 된장국을 끓일 때처럼 물을 잡은 뒤 양파와 두부, 호박을 잘게 썰어 넣는다. 된장을 듬뿍 풀고 국물이 자작해지도록 바글바글 끓인다.

③ 그릇에 밥을 푸고 썰어둔 생오가피순을 넣은 뒤, 들기름을 한 바퀴 두른다.

④ 끓여둔 된장국으로 간을 맞추어 비빈다.

(남은 나물이 있으면 넣고 없으면 안 넣어도 된다.)

생오가피순은 삶은 것보다 오히려 쓴맛이 덜하고 식감이 좋아 봄이면 자주 나물로 해 먹는다. 대부분 비빔밥은 고추장 양념에 비벼 먹는데 그럼 나물 향이 고추장에 전부 묻히니 밥을 씹을 때 이게 무슨 나물인지 고민해 찾아내야 한다. 그래서 봄나물이나 맛있는 나물밥을 먹고 싶다면 일부러 짜게 끓인 된장국에 비벼 먹는다. 그럼 맛도 부드럽고 나물 향이 다 살아 있다. 부디 비주얼만 보고 실망하지 마시길. 입안 가득 봄이 찾아갈 테니.

"언니, 오가피순 나왔어? 나는 봄 되면 언니가 오가피순에 된장 넣고 비벼준 그 맛이 생각나. 봤을 때 모양새는 별로고 그냥 그런데, 계속 생각이 나네."

봄과 함께 현숙이가 왔다. 오가피순비빔밥을 먹겠다고. 그러고는 옆에서 직접 야심차게 만들기 시작하는데 오가피순을 평소보다 더 많이 넣었다.

"그만 넣어, 맛 버려."

"아냐, 난 한 번밖에 못 먹으니 많이 넣을래."

알아서 하라 했더니 한 그릇 뚝딱 비우고는 내게 씨익 웃으며 말한다.

"언니가 비벼준 게 더 맛있네. 내가 오가피순을 너무 많이 넣긴 했나봐."

그러고는 바람이 갈라지게 웃었다. 우리는 마주앉아 배부르게 밥을 먹고, 햇살이 대자로 누운 마당에 앉아 차를 마셨다. 올봄에는 또 누구와 편안하게 오가피순비빔밥을 먹게 될까.

나의 단축번호 2번

내가 부러워하던 사람, 미숙의 꾸미지 않은 밝음이 너무 좋다. 산뜻한 웃음은 보는 이들의 경계를 무너뜨린다. 매사에 긍정적이고, 현명해 생각이 바르고 누구에 대해서도 객관적인 시선을 잃지 않는다. 선뜻 우리를 언니, 형부라고 부르며 살갑기가 친동생 같은 그녀가 참 좋다.

딱히 흠잡을 것 없는 그녀를 보며 현숙과 둘이서 한 말이 있다.

"우리 다음에 태어나면 미숙이처럼, 부모님이 적당한 나이까지 곁을 지켜주시고 두 분 사이가 좋아 가정이 다복한 집에서 태어나자. 그래서 쉽지 않다는 '평범'을 살아보자."

나와 현숙이 살아보지 못한 그 모든 '평범'을 살아본 그녀가 우리에게는 햇살 같다. 하지만 살면서 인생에 고비 없는 사람이 없으니, 그녀 역시 누군가에게 다 풀어내지 못한 시간이 있었겠지. 단단한 그녀이기에 그 시간들조차도 순응하며 보냈을 테다. 그런 그녀가 곱고 사랑스럽다.

우리 세 사람은 취향이나 가치관도 잘 맞아 아무리 자주 봐도 언제나 풀지 못한 이야기보따리가 여러 개다. 오랜만에 봐도 어제 본 듯 편안하니 우리는 서로에게 다음을 이야기할 수 있는 사람이다. 그녀와의 내일이 기다려지고, 만나면 할 말이 늘 마감 없는 원고같이 하염없이 이어진다.

곁에 있으면 인생에 백번 도움되는 존재를 말하자면, 단연 '여행 파트너'다. 미숙에게는 이미 오래전부터 좋은 여행 파트너가 있다. 바로 그녀의 딸이다. 둘이 함께 다니는 여행 이야기를 보고 듣다보면 '나도 시간이 좀더 지나면 아이와 저렇게 잘 맞을 수 있을까' '서로에게 의지가 되고, 위안이 되고, 함께 웃으며 시간을 저축할 수 있을까'라는 고민, 아니 그러고 싶다는 희망을 품게 된다. 옆에서 바라보면 여러모로 완벽해서 오히려 무어라 더 설명할 필요가 없는 그녀는 내 연락처에 '자유로운 그녀 미숙'으로 저장되어 있다.

미숙에게는 고마운 것이 참 많다. 내게 있어 그녀는 우리집에 무슨 일이 생기면 서슴없이 전화해서 와달라고 부탁할 수 있는 사람이다. 발을 동동 구르며 연락하는 내게 미숙은 늘 "언니 뭐 필요한 것은 없어?"부터 묻는다. 그 한마디가

쉬운 일이 아닐 텐데 늘 한결같다. 염치를 무릅쓰고 지리산에서 구하기 힘든 물건들을 구구절절 내뱉으면 그녀는 그 모든 것을 싣고 나타난다.

남편이 다쳤을 때도 "미숙아 형부가 다쳤어"라는 말에 그녀는 당장 다음 날 내려와서는 나와 함께 손님을 맞이하며 음식 만드는 걸 도왔다. 내가 병원에 가느라 집을 비우면 대신 자리를 지키며 말끔하게 집을 정리해주었다. 도움의 손길 역시 내가 부담스럽지 않을 딱 그만큼만 뻗어주었다.

매해 이루어지는 생강청 작업 때에도 미숙은 시간을 내어 자발적 일꾼이 되어준다. 어느 정도 공정이 진척되는 늦은 밤까지도 손을 보태주는 그녀가 이토록 고마운데, 나란 사람은 항상 표현이 부족하다. 마음을 말로 다 표현하지 못하는 나지만 내 눈빛과 손길에서 알아채기를 바랄 뿐이다.

우리 부부는 틈날 때마다 한 번씩 이렇게 고마운 사람들을 자주 떠올리게 된다. 우리에게 무슨 일이 생기거나 상황이 어려울 때, 가족 친지보다 먼저 달려와주는 사람들. 전생, 저 어디쯤의 인연이 이토록 깊은 듯하다. 미숙을 비롯한 감사한 인연들을 떠올리며, 그들에게 다정을 갚아주려는 노력을 게을리하지 말자 다짐하게 된다.

미숙과 내가 자주하는 이야기 가운데 이런 것이 있다.

"늙어가면서 서로 꼴사나울 땐 꼭 말해주기". 조심스럽겠지만 서로 선을 지켜가며 함께 어른으로 살아가자고 이야기했다. 만약 내가 두 눈을 가린 채 앞뒤 재지 않고 내달려나갈 때, 그녀가 나를 딱 가로막고 이야기한다면 순식간에 진정될 것만 같다. 그녀라면 거친 말 하나 없이 조곤조곤 따끔하게 말해줄 것이다.

내년 여름, 그녀와는 처음으로 긴 여행을 떠나기로 했다. 야무지고 싹싹하게 나를 서포트해주리라. 언제나 내 부족한 부분을 잘 채워주기에 내년 우리의 여행이 마냥 든든해진다. 언젠가 캠핑카로 떠나는 유럽여행도 같이 가자며 몇몇 여행 약조를 일찍이 걸어두었다. 서로의 건강을 잘 챙기며 약속했던 모든 여행들을 하나하나 잘 이뤄갈 수 있기를 바라본다.

있는 그대로의 파리

마흔을 넘겨 내 나라가 아닌 곳을 성실히 다니고 있다. 나는 지금의 내 나이가 좋고 단 한 걸음도 뒤로 돌아가고 싶지는 않지만 여행할 때만은 살짝 그 마음이 흔들린다. 지금 내 나이가 서른이라면 더 많은 곳을 볼 수 있을 텐데……. 이 무슨 주책맞은 욕심일까.

오늘 우리는 파리의 품으로 들어왔다. 누군가의 여행 버킷리스트 1위가 파리라는데 아직 나에게는 이곳이 낯선 이웃처럼 서먹하다. 일행들도 모두 목이 따갑다, 눈이 뻑뻑하다 등등 파리를 썩 반기지 않는 한마디씩을 뱉어낸다. 파리에서 주어진 시간은 5일. 그래도 여기까지 왔으니 이 도시와 잘 지내봐야지.

아침에 시청사로 가기 위해 지하철 1호선을 탔다. 시청사에 도착해 거기서부터 걸어서 갈 수 있는 곳까지 걸어 다니며 파리를 마음껏 헤매기로 했다. 그래도 최소한의 목적지는 필요하니, 에펠탑 아래까지 가보기로 했다. 파리의 지하철에는 에어컨이 없었다. 한여름이었던 탓에 불쾌지수가 점점 상승했지만 오래된 지하철 특유의 퀴퀴한 냄새에 버무려진 불어는 무척 매혹적으로 들렸다. 소리에서 들리는 운율은 빠른 노랫말 같아서 내 귀는 한동안 그들의 목소리에 붙잡혀 있었다.

잠시 후 목적지를 알리는 방송이 나오고 열차에서 내려 계단을 오르는데, 백팩 지퍼가 열리는 소리가 났다. '불쌍한 사람들, 난 청각이 예민해서 안 들어도 될 것까지도 듣는 사람인데 하필 내 가방을……'이라는 생각과 동시에 뒤를 휙 돌아보니 자그마한 아랍계 아가씨가 양손을 들어 보이는 몸짓을 취했다. 내가 지퍼를 얘기하니 "왜?" 이러고는 아무 일 없었다는 듯 일행으로 보이는 몇몇 사람과 계단으로 가 걸터앉았다. 조카는 저 사람들 불쌍하다며, "왜 하필 이모를 건드렸담. 돈은 내가 다 들고 있는데"라는 농담으로 공기의 쓴맛을 지웠다.

지하철 출구로 나와 시청사에 도착하니 주변 풍경이 많이 어색했다. 지금껏 다닌 곳과는 사뭇 달랐다. 분위기도 사람들도 낯설다. 항상 아기자기한 소도시만 보고 다녀서 그런가, 나름 큰 도시도 몇 군데 갔다 싶었는데 시선을 옮기는 족족 각양각색의 인종이 길거리를 다니고 있었다. 현지인뿐만이 아니었다. 관광객도 넘쳐났는데 유독 패키지 관광객이 많이 보였다. 멀미가 날 것 같아 얼른 고개를 돌려 에펠탑만 바라보며 열심히 걸었다. 발을 내딛는 모든 거리들이 혼잡해서 슬슬 파리는 나와 맞지 않는 도시일지도 모르겠다는 생각이 들었다.

한참을 걷다 에펠탑이 제법 크게 보이는 광장 근처에 자리를 잡았다. 그곳에서 각자 원하는 대로 간단히 끼니도 해결하고 차도 마셨다. 그러면서 바라본 나의 에펠탑은…… 실망스러웠다. 왜 이걸 보러 수많은 사람들이 몰려들까를 고민하며 시간을 길게 늘이고 있다보니, 점차 다른 것들이 보이기 시작했다. 광장에서 프러포즈하는 연인들, 몸이 부서져라 열심인 비보이들, 누가 보든 말든 버스킹하는 사람들, 햇살을 안고 아무데나 드러누운 사람들, 까르르 웃음이 쨍한 학생들, 허접하기 그지없는 에펠탑 키링과 불이 들어오는 작은 에펠탑 모형을 펼쳐두고 호객하는 사람들.

그 모든 것들의 배경에 에펠탑이 있었다. 활기찬 사람들이 무생명의 첨탑에 생명의 기운을, 벅찬 에너지를 밀어올리는 것 같았다.

우리는 해가 어둑해질 쯤에야 자리를 털고 일어나 에펠탑 가까이로 다가갔다. 분위기는 한층 더 소란스러워져 있었다. 도저히 오래 있을 수는 없겠어서 다시 뒤로 물러나 멀찌감치 조명이 들어온 화려한 탑의 모습이나 보기로 했다. 등뒤로 탑을 세워두고 걸어가는데 아이들이 아까 본 그 허접한 에펠탑 키링을 사야겠단다. 용맹한 아이들은 곧장 판매자와 교섭을 시작했다. 제시하는 금액을 번번이 거절당하길래 그냥 그 가격에 사려나 했지만, 아이들의 목소리를 들은 다른 판매자가 그 가격에 해주겠다는 대답을 끝으로 아이들의 협상은 성공적으로 끝났다. 불이 들어오는 에펠탑 키링을 하나씩 달라고 하니 그분은 하나하나 다 켜서 작동되는 걸로 골라주셨고, 계산할 때 아이 숫자만큼의 키링을 선물이라며 건넸다.

나의 측은지심을 건드릴 줄 아는구나. 물론 저걸 주고도 남는 장사일 수 있겠다 싶다가도 그 마음이 고마워 그냥 조금 더 돈을 얹어주었다. 당신이 한 집안의 가장인지 혼자 사는지 모르지만 오늘 하루 마감하면서 우리가 당신의 작은 행운이기를. 그래서 오늘 하루가 좋은 날이었기를. 센강에 비치는 에펠탑의 불빛도 따스했다. 아무래도 조금은 파리와 친밀해진 것 같다.

우리가 파리로 떠나기 전에 유럽의 소매치기, 강매꾼이

나 사기꾼 등 각종 부정적인 이야기를 들어서인지 솔직히 대규모 관광지에 약간의 편견이 있었다. 하지만 늘 마음에 싹이 자라지 않게 자르고 뽑았다. 편견이나 선입견 없이 사람으로 그들을 보고 싶었다. 아까 키링을 팔던 사람부터 지하철에 엄마 자리가 없다고 안타까워하는 아이를 보고 얼른 일어나 나에게 자리를 양보해주던 예쁜 아가씨까지 오늘 우리가 본 사람들은 참 정이 많은 이들이었다. 겉모습이나 직업으로 편견을 가지지 않길 참 잘했다 싶다. 우리가 가진 열린 마음을 저 사람들도 느꼈을 것이다.

"우리 다시 파리에 올 수 있을까?"라고 묻자 너는 씩씩하게 "다음에는 내가 엄마 아빠를 안내하는 여행을 해보고 싶다"고 말했지. 그때라면 우리는 모두 더 성장한 채로 파리를 만나게 되겠다. 성장한다는 건 나이의 숫자만 올라가거나 육체만 자라는 게 아니라, '서로의 상식'을 더 잘 수용할 줄 알게 된다는 뜻이기도 하다. 더 많은 사람을 받아들일 마음을 가진 우리는 그게 어디라도 여행을 즐길 준비가 되어 있을 거야. 그날이 벌써 기대된다.

투어를 놓친 덕분에

약속 시간에 맞춰 서둘러 숙소를 나섰더니 오히려 여유 시간이 생겨 우리는 산피에트로성당 근처를 배회하고 다녔다. 우리가 여행지에서 제일 잘하는 게 있다면 이 골목 저 골목 걸어 다니기다. 아쉬운 점은 모두가 그렇게 발길이 닿는 대로 걸어서, 나중엔 좋았던 그곳이 어딘지도 모른다는 것이지만.

아이와 조카, 그리고 기회가 될 때마다 항상 함께 여행하는 친구의 아들인 문선이에게 바티칸을 제대로 보여주고 싶어서 개인 투어를 신청해둔 참이었다. 투어 시간이 오후 두 시라 여유를 즐기며 골목을 돌아다니고 식당에서 점심도 먹었다. 마침 식당 바로 옆이 집합 장소였지 싶어 다시 시간과 장소를 확인하는데, 세상에…… 집합시간이 한 시였다. 대체 어떻게, 당연히 두 시라고 생각했을까? 어제오늘 잘못 본 것이 아니라 출국날부터 애초에 잘못 알고 있었다. 시곗바늘은 이미 한 시 반을 향하고 있었다. 다급히 가이드에게 연락했지만 전화를 받지 않았다. 개인 투어인데 연락이라도 한 번 해주지. 매정하게도 그분은 계속 전화도 메신저도 불통이었다.

일단 다 함께 바티칸으로 팔자에도 없는 전력질주를 했다. 입구에 도착해 살펴보아도 역시나 우리 가이드처럼 보이는 사람은 없었다. 같은 여행사의 단체 투어 팀에게도 물어보았지만 개인 투어는 잘 모른다는 답만 돌아왔다. 우리가 여기저기 묻고 다니자 근처에 있던 암표상 중 한 명이 "소그룹 투어는 지금 막 시간이 되어 들어갔을 거고 개인 투어도 다 들어갔다"고 말해주었다.

그 순간 정말 머리가 하얗게 비어버려 눈물이 날 지경이었다. 뛰어오는 내내 심장이 요동치니 어지러워 속도 울렁거렸다. 내 욕심으로 신청해놓고 내가 실수하다니, 온갖 원망을 스스로에게 쏟아내었다. 남편이 지금이라도 표를 사고 줄을 서서 들어갈지, 이후 일정이 있으니 암표를 사서 바로 들어갈지 일행들과 의논했다. 곧 정식 표를 사서 기다렸다가 들어가는 것으로 의견이 모였고, 표를 끊고 들어가니 다행히 전시장 자체 한국어 오디오가이드가 있었다. 그것으로나마 설명을 듣기 시작했는데, 아이가 그리스로마 신화를 제법 세세히 알고 있어 우리에게 작품에 얽힌 오랜 이야기들을 나서서 설명해주기 시작했다. 이어폰 속 전문적인 해설자의 목소리보다 조잘대는 아이의 목소리가 더 듣기 좋았다. 작품마다 감상할 수 있는 시간제한이 사라졌다보니 각자 마음에 드는 작품 앞에서는 한동안 시간을 보내는 여유까지 부릴 수 있었다.

내부를 모두 둘러보고 나온 그날 저녁, 다들 어떤 것이 좋았고 멋있었다는 이야기를 나누었지만 나는 바티칸 내부가 하나도 떠오르지 않았다. 그 안에 있는 동안 무엇도 제대로 보지 못했으니까. 바티칸에서 떠오르는 것이라고는 그저 당황스러운 나의 감정뿐이었다. 그때까지도 내 표정이 딱딱하게 굳어 있었는지, 아이들이 얼른 내게 "오디오가이드로 들으니 감상이 자유로워서 좋았다"고 말해주며 어른인 나를 위로해주었다. 어른 마음을 헤아려주는 아이들의 마음이 예뻐 나도 따라 웃을 수밖에 없었다.

실수가 실패는 아니다. 그 실수로 잃어버린 것도 있겠지만, 우리는 다른 걸 배울 수 있었다. 그 조각의 입매가 어땠고, 그 인물의 눈동자 색이 어땠는지를 알 수 있었던 걸. 서로 최선을 다해, 어쩌면 투어 가이드가 있을 때보다도 더 집중해서 바티칸을 즐겨주어 일행들에게 더 미안하고 감사했다.

누군가 실수했을 때는 섣부른 비난보다 응원해주고 기다려주는 마음으로, 기댈 어깨 한쪽을 내어주거나 조용히 손잡아주면 더 큰 힘이 되어줄 거다. 그럼 그는 다시 여정을 시작할 용기를 얻는다. 내 아이에게도 그런 사람들이 생겨나고, 아이 역시 그런 사람으로 자랐으면 좋겠다.

지금 당장은 어리고 미숙해도 '나의 길'을 가면 같은 길을 좋아하는 사람들이 하나둘 생겨 앞서거니 뒤서거니, 함께 길을 걷게 된다. 흔들리면서도 차분히 걸어갈 그 길 위에는 실수나 실패, 좌절, 외로움과 고독의 돌멩이가 잔뜩 흩뿌려져 있다. 그걸 치우면서 건너고, 넘어지면 다시 일어나 가야 할 사람은 나 자신뿐이다. 그래도 언젠가 뒤돌아보면 점점 덜 휘청이며 뚜벅뚜벅 걸어가는 스스로를 볼 수 있을 거다.

솔직히 말하면 아직도 나는 길 위에서 살짝살짝 흔들리고 있다. 괜찮다. 흔들린다는 건 살아서 숨을 쉬고 있다는 거니깐. 각자의 길을 가다 어느 곳에서 스치거나 먼 발치에서 마주친다면 무척 반갑겠다. 하지만 못 만나도 괜찮아. 그게 당신의 길이라면, 만나지 못해도 괜찮다.

나의 보호자 김효순씨

초등학교 입학식 날, 서류에 적힌 낯선 이름 '김효순'. 그 세 글자에 난 버려진 아이구나 하며 울음을 참고 할머니에게 물었습니다.

"할매, 나는 주워온 아이지? 그래서 나한테 잘하는 거지? 대체 김효순이 누구야?"

울음폭탄이 터진 나에게 할머니는 웃으며 말했습니다.

"누구긴, 내가 김효순이지. 내가 네 보호자지. 내가 널 살리지. 할매가 김효순이다. 네 할매 맞어."

그때부터 확실히 머리에 새겨진 이름, 나의 보호자 김효순씨.

할머니, 만약에 당신이 오래 살았다면 나는 세상이 내 것인 양 오만과 뻔뻔함, 되지 않는 거들먹거림으로 가득차서 자랐을 거예요. 시간의 모든 일각을 내게 맞춘 당신께 나는 아픈 손가락이자 안타까운 손녀였던 것을 압니다. 몸 어디 하나 생채기가 생겨 흉이라도 지면 어쩌나 걱정해야 하던 그저 불안정한 존재였지요.

지금도 내가 마마에 걸렸을 때가 생각납니다. 등에 난 수포가 터진 것을 보고, 흉 지면 안 된다며 몇 날 밤을 작은아 버지 내외의 등에 나를 엎어진 자세로 재우셨지요. 당신 눈이 어두우니, 딱지가 떨어지기 전까지 이쑤시개로 상처 부위에 연고를 밀어넣는 일 역시 작은어머니께서 대신하셨지요. 입 이 짧고 까탈스러워 제대로 먹지 못해 몸이 약한 내가 때때로 원하는 것을 입에서 내뱉으면 그 말이 떨어져 바닥에 앉기도 전에 밤이건 낮이건 턱 앞에 갖다 놓아주셨습니다.

자라서 생각해보니 작은어머니 입장에서 참 얄미운 조 카였을 것 같아요. 할머니의 치마폭과 작은아버지의 바짓가 랑이가 너무 넓고 단단해 작은어머니는 늘 열외의 사람이었 지요. 그래서 내게 작은어머니는 겨울이었습니다. 손가락이 닿으면 동상에 걸릴 듯한 사람이셨어요. 입안에서 도로록 얼 음을 만들어내는 목소리는 타인이 있을 때 달라졌습니다. 그 사실을 어린 나이에도 알아차릴 수 있었지요. 하지만 그런 어 린 나이였기에 겨울이 찾아오는 이유를 알지 못했습니다.

그래서 더더욱 내게는 유일한 보호자였던 할머니, 당신

이 제일 믿고 의지했던 둘째 아들의 죽음과 그 비보 뒤로 남겨진 여자 셋, 그중에 어린 나에게 "내가 죽으면 누구한테 널 믿고 맡기냐. 이다음에 할매 죽을 때 같이 가자. 세상 누구에게도 이 손녀를 맡겨둘 사람이 없어"라고 입버릇처럼 그렇게 말씀하셨지요. 서늘한 말일지언정 언제나 버팀목이 되어주었던 당신의 당당한 풍채와 힘찬 목소리는 아직도 나에게 그리움입니다.

나에게 별을 따주었던 당신.
나에게 달을 베고 누우라고 가져다주던 당신.
무엇인들 못할 것이 없고 영구불멸 같았던 당신.

나는 늘 하굣길에 시장에서 생칡을 작두로 잘라 파는 아저씨에게 할머니 드릴 칡을 사들고 집으로 갔지요. 할머니와 마주보고 칡을 씹을 때면 부드러운 향과 분같이 씹혀져 나오는 식감이 좋아서 끝까지 씹어서 목구멍으로 넣어버렸고, 숫칡이 있는 날이면 입안으로 거친 갈래들이 돌아다니며 쨍한 향기를 퍼트려서 적당히 씹다 뱉어버렸어요. 그럼 할머니는 아깝다며 도로 씹어서 드셨지요.

칡은 내가 할머니에게 사드리는 유일한 기도였어요. 당신마저 없어져버리면 정말 살 곳이 없는 나는 당신을 따라가야 하기에 더 살아달라는, 옆구리에 당신이란 존재가 버티고 있어달라는 여덟 살 아이의 기도였어요. 원래도 달고 사셨던 기침이 더 심해진 것은 아버지가 돌아가신 후 더 자주 찾은 곰방대 때문이었지요. 하지만 제가 보기에 곰방대 속에서 타 들어간 것은 담뱃잎이 아니라 자식 잃고 살아갈 이유가 별반 없어진 당신이 불살라내는 하루만치의 숨이었습니다. 나는 그 모든 게 불안했어요.

솥에 불을 지피며 건넨 "할매 친구들과 밥 먹을 거다. 그러니 장등댁, 의사집, 제동댁들 오시라 해라", 그 말이 끝이었습니다. 그렇게 불 지피는 당신 모습이 이 세상에, 내게 남긴 마지막이었어요.

작은어머니랑 둘이서 각각 흩어져 친구분들을 부르고 돌아오니, 당신은 내가 친구들이랑 시체놀이 할 때처럼 바닥에서 움직이지 않고 있었지요. 작은아버지는 할머니만 두고 나갔다온 작은어머니께 온갖 원망과 분노를 화산처럼 터트렸고, 나는 차마 당신을 볼 수 없어 그 길로 대문 앞으로 뛰어나갔습니다.

당신이 정말 가버렸을까. 다시 가서 확인해볼까? 나를 데려간다고 같이 가자고 했는데. 난 어떡해야 하지.

도저히 집에 들어갈 수 없었어요. 그저 대문간에 서서

급하게 왕진 온 의사 선생님이 뛰어들어가던 모습, 장터 아재와 작은할아버지네가 뛰어오는 모습 그리고 한참 후 엄마가 뛰어오는 모습을 지켜보았습니다. 그리고 곧 밤이 되었을 텐데, 내가 내 발로 집 안으로 다시 들어갔는지 어쨌는지 기억이 지워져버렸어요. 그다음 곧장 다시 아침이 된 대문 앞 장면만이 남아 있거든요.

서울에서 고모 내외, 큰아버지 내외, 막내작은아버지 내외가 오고 나서 경주 할아버지까지 오셨습니다. 그쯤 되어 집에 들어가니 이미 마루에는 병풍이 쳐져 있었고, 당신을 더 이상 볼 수가 없었어요. 마음이 여려 또다시 한껏 작아져버린 내 엄마는 당신을 부르며 오열했습니다. 며칠이 지나고, 먹어도 배부를 것 같지 않은 슬픈 꽃상여가 왔지요. 그렇게 당신은 나를 보지도 못한 채 상여에 태워졌습니다. 상여꾼들의 애절한 만가가 들판을 휘감는 슬픈 바람 같았어요. 당신을 담은 상여가 작은아버지의 트럭에 실릴 때가 되어서야 나는 정신이 들었습니다. 울면서 작은아버지에게 매달렸지요. 할머니가 같이 가자고 했다고, 할머니 따라갈 거라고, 눈이 벌게지도록 고래고래 소리치며 울었습니다. 결국 작은아버지가 내 손을 잡아 트럭에 실은 상여 옆에 끼우듯 앉혀서 함께 장지로 향했지요.

당신이 긴 잠을 잘 곳은 낙동강 줄기가 길게 보이는 산

위였어요. 그 산 아래에는 당신이 편하게 대하던 사촌 여동생 내외가 살고 있어, 자주 그곳을 드나들었던 내게는 썩 익숙한 곳이었습니다. 그때가 산꼭대기에 처음으로 올라본 것이었는데, 그곳에 서니 갑자기 숨이 잘 쉬어지더라고요. 그래서 당신하고 같이 갈 수 있겠다 싶었어요. 여기 누워 당신과 있으면 이렇게 편안하겠다 싶었지요. 커다란 눈을 굴리지도 않고 작은아버지에게 말했어요.

"나 할매랑 여기 묻어줘. 할매가 나 같이 가자고 했고, 나도 같이 간다고 했어."

작은아버지가 결국 울면서 말했습니다.

"우리랑 같이 살아도 되고, 엄마한테 가도 돼. 산에서 내려가서 이야기하자. 말도 안 되는 소리 자꾸 하지 마."

그 소리에 내 몸에 피들이 차가운 파랑으로 변해갔지요. 같이 살아온 시간이 짧아 낯설지만, 그래도 엄마랑 사는 게 나을 것 같아 그 길로 짐을 싸서 엄마 곁으로 갔습니다. 난 그곳에서 어린 동생이 텃세를 부리거나(지금 생각해보면 동생에게 나는 엄마와 자기 사이에 끼어든 불청객이었겠지요) 엄마와의 갈등으로 힘들 때면 신작로로 달려가 할머니와 살던 곳을 보며 소리 없이 울곤 했습니다. 많은 날들 속에서 그 횟수는 점점 줄어들었지만 난 당신을 잊은 적이 없어요.

할머니, 할머니, 내 어린 기억 속에 전부는 당신이었어.

내 머리에, 내 가슴에 빈틈없이 당신으로 꽉 채워진 그 때가 좋았어.

내가 좀더 자라서, 혼자서도 흔들리지 않을 때까지만이라도 당신이 내 보호자로 살아 있었다면 내 지나온 시간 동안 우리의 고단함이 덜했을 텐데.

그래도 당신이 보내준 나의 남편 덕분에 나는 잘, 아주 잘 살아내고 있어. 당신이 꿈길을 찾아오지 않던 그날부터 당신이 이제 편안해진 것 같아, 그 얼굴이 그립지만 나 또한 편안해졌어요.

어린 나를 버리지 않고, 무조건적인 사랑으로 둘둘 싸매어줘서 고마웠어요. 내 마음 중심에 휘어지지 않는 굵은 대나무 한 그루는 당신이 심어줬습니다. 지금의 화양연화 같은 이 찰나들은 모두 당신이 준 선물입니다.

보호자 김효순씨. 아주 먼 훗날 우리 기쁘게 만날 수 있도록 준비를 잘하고 있을게요. 당신도 그곳에서 애간장이 다 녹아 흔적도 없게 만들어버렸던 그 아들과 잘 지내고 있어요.

우리 또 만나요.

참죽나물고추장무침

준비물
참죽나물, 고추장, 매실액,
맑은액젓, 소금

① 참죽나물을 손질해서 소금물에 절인 뒤 한번 씻는다.

② 나물은 그늘에 꾸들꾸들하게 말린다. 말리는 동안 가끔 뒤집어

줘야 골고루 잘 마른다.

③ 마른 참죽나물 위에 고추장과 매실액, 액젓을 입맛에 맞게 넣

고 버무린 후 독에 담아둔다.

나는 아주 어릴 때 입이 짧았다. 나중에 어른이 되어서야 원래 타고나길 모든 장기가 약하다는 한의사 선생님 말씀을 듣고 나니, 그래서 먹는 게 더 힘들었나 싶기도 했다. 이런 나를 키우면서 할머니는 한끼 먹이더라도 많은 신경을 쓰셨다. 할머니는 사과, 배, 무 등을 숟가락으로 긁어서라도 내 입에 넣어 먹였고, 가을에 말려둔 박고지를 겨울쯤 정과처럼 조청 넣고 고아서 쫀득한 간식으로도 만들어주셨다.

　가끔 서울 사는 고모집에 가셔서 말도 없이 그 당시 귀한 바나나와 버터를 다 집어와 사촌동생들을 기함하게 한 일이 한두 번이 아니다. 내 삶에서 아버지가 사라져 비어버린 시간을 빼면 유년의 호강스러운 시절은 전부 할머니와 살 때 주어졌다. 고모는 미군 부대나 수입상에게서 귀한 재료들을 들여오는 족족 할머니 손에 들려 내게 가는 걸 아까워하지도 못했다. 조금이라도 아쉬운 티를 내면 "너거 오빠 죽고 조카 있는 거는 눈에 안 보이고 니 새끼만 먹이냐!"는 할머니의 쩌렁거리는 잔소리가 벼락처럼 떨어졌기 때문이다.

　할머니께서 내게 하나라도 더 먹이시려 노력한 음식들 가운데 내 의지로 먹은 게 참죽나물부각이었다. 참죽나물부각은 말린 참죽나물에 고추장과 찹쌀풀을 묻혀 한번 더 꾸들꾸들하게 말려두고 기름에 튀기는 요리다. 완성된 참죽나물

부각의 대를 하나씩 잘라먹으면 특유의 참죽향과 쫄깃한 식감이 절로 손이 가게 만들었다. 말리고 묻히고 또 말리는 그 고단한 작업에 영 젬병인 나는 참죽나물로 고추장무침을 만드는 게 최선이었다. 비록 부각은 아니지만 참죽나물을 입에 넣으면 순식간에 할머니와 함께 있는 어린 내가 되고 만다. 이렇게 모든 음식은 결국 추억의 맛이 되어버린다. 대부분의 음식이 그러하지만 특히나 참죽나물은 할머니와 나의 연결고리다.

평생 곁에 두고픈 사람

정희의 첫인상은 포스가 풍겨져 나오는 커리어 우먼이었다.
똑 부러질 것 같은 목소리와 야무진 입매까지도 그랬으니 거
리를 적당히 유지해야 할 것만 같았다. 그녀가 우리 민박집에
왔다간 어느 날 그녀에게서 차분한 목소리로 전화가 왔다. 쉬
러오고 싶다는 말과 함께 나를 '언니'라고 부르고 싶다고 조
심스럽게 말했다. 쉬고 싶으면 혼자라도 와도 되고 언제든 연
락하라고 답한 후로, 그녀는 친정어머니, 시아버지와 함께라
는 요상한 조합으로 몇 번이나 우리집을 방문했다.

두 어르신은 그렇게 함께 다녀도 이상하지 않을 성품을
지니고 계셨다. 며느리를 사이에 둔 온화한 두 분을 볼 때마
다 나는 잔잔한 물 위에 앉은 듯 마음이 토닥거려졌다. 시아
버님은 훤칠한 신장에 누구에게나 '젠틀하다'는 느낌을 주시
며 며느리와의 관계가 매끄러워 보였다. 모든 일에 호기심과

긍정을 지니신 어머니는 고령의 나이라 믿기에는 참 영민하셨고, 차림도 말씀도 고우셔서 바라보는 내내 절로 미소가 지어졌다. 그러다 가끔 엄마 생각이 올라왔다. 이렇게 엄마의 기억을 소환시키는 분들이 간혹 계시는데, 정희 어머니도 그렇다. 한 번쯤 어머니 하며 안겨보고 싶은 충동이 생기기도 하더라. 솔직히 엄마에게 안겨본 기억이 거의 없어서 그 품에서는 엄마와 비슷한 냄새가 날까, 이렇게 주책맞은 상상도 속으로 몰래 했다.

어머니는 내 사는 모습을 보면 얼마나 좋아하셨을까? 아니, 걱정이 한 트럭이었을 수도 있다. 사람을 집에 들이는 게 무섭다던 분이셨으니. 내가 늘 아빠를 닮아 사람을 집으로 불러모은다 하셨는데, 이제는 아예 그 일을 업으로 삼고 있다.

정희와의 인연은 간간이 이어지다, 그녀가 제주 한 달 살이를 하게 되며 그 인연이 급속도로 진해졌다. 타지생활에 대해 여러 차례 연락하며 서로의 상황을 나누는 과정에서 우리가 생각보다 결이 잘 맞는다는 것을 알게 되었다. 우리는 극과 극의 환경에서 지내온 사람들이었지만, 마음 한편을 열어 보이니 사람으로서의 그녀가 참 좋았다. 정희와의 대화에서는 조바심이 나지도 않고 마음이 앞서가지도 않고, 그저 다정하고 편안했다.

정희가 제주에 있는 동안 아이와 함께 그녀가 머무는 지역으로 놀러가기도 했는데 그때의 기억이 무척이나 좋았는지 정희는 제주에 자기 집을 하나 갖고 싶다는 희망을 툭 내비쳤다. 그리고 한 달 살이가 끝난 언젠가, 실제로 제주에서 적당한 매물을 발견했다고 우리 가족이 제주도에 머무를 때 대신 한번 둘러봐줄 수 있는지를 물어봤다. 시간도 넉넉해서 흔쾌히 주소지로 찾아가봤으나 그곳은 말할 수 없이 너저분하고 이곳저곳이 뭐라 단정지을 수 없는 색깔로 칠해져 있어, 여기서 뭘 했을까 싶은 의구심이 생기는 공간이었다. 당장 그녀에게 전화를 걸었다.

"우리라면 그럭저럭 여기서 살 수 있겠는데…… 넌 어렵지 않을까?"

그녀는 언니랑 형부의 판단으로 괜찮으면 자기는 계약하고 싶다며, 그곳에서 살 수 있다는 강한 의지를 보였다. 서울에서 도시살이만 해 모든 것이 '세련'으로 장착된 그녀가, 넓은 아파트에서만 살아본 그녀가 이렇게 아담한 곳에서 살 수 있을까 의아했지만, 꼭 한 번은 살고 싶다는 그녀의 의견을 남편은 적극 지지했다. 그래, 수리나 보수는 나와 남편이 도와주면 되지! 그렇게 정희는 제주에 집을 계약했고, 집을 수리하기 위한 제주에서의 시간이 시작되었다.

본가는 따로 있으니 이 집은 그녀 가족이 언제든 틈만

나면 항상 올 수 있는 공간으로 탈바꿈시키기로 했다. 신나게 벽지를 뜯다가도 우리는 오래된 벽지가 의외로 단독으로 있으니 너무 예쁘다며 일부를 남겨두었고, 낡은 욕실 수도꼭지도 구식 스위치도 나름 멋스러워 다 남겨두었다. 다행히 정희네 부부는 너무 좋아하며 "그래, 이거지!" 연신 웃음이 얼굴에 가득차 있었다. 뿌듯한 마음이 절로 드는 그들의 모습에 남편도 행복해하며 보수에 애정을 쏟아부었다. 능숙하다 해도 전문가가 아니니 어딘지 서툴고 다소 미비한 남편의 작업이라도 그 부부는 진심으로 감사해했다. 그 시간 동안 우리 네 사람은 평생 볼 시간을 미리 다 보낸 듯, 함께 지내면서 서로가 좋은 사람들이란 걸 알아갔다.

여행 손님으로 우리에게 와서, 이제는 친구가 된 정희. 정희는 세심하고 섬세하게 사람을 대하며 작은 일에도 배려한다. 관계에서 허투루 하는 법이 없다. 일에서는 빈틈없이 냉철하지만 사람으로서는 그렇게 선할 수가 없다. 말간 순수함이 있는 그녀의 어리광에 가끔 당황할 때도 있지만 결국 결론은 언제나 '귀엽다'다. 남편도 감상은 비슷하다. 저렇게 내재된 지식과 상식도 많고 감각도 있는데 사람 자체는 귀엽다니, 하며 웃는다. 우리 딸도 "이모는 소녀같애"란다.

우리 가족에게 그녀는 따스한 사람이다. 그런데 그녀가

너무 많은 스위치를 켜놓고 살고 있는 것이 보여, 자주 안타깝다. 참 멋진 사람인데 저러다 혹 몸이든 마음이든 상할까봐 걱정이다. 더는 누구를 챙기기보다 자기 자신을 제일 우선으로 삼았으면, 그러니 이제 불필요한 스위치는 끄고 살아주기를 바란다.

비록 피를 나누지는 않았지만, 우리는 평생 서로를 곁에 두고 살 거라고 생각한다.

톨게이트는 다이내믹하게

자동차로 여행을 다니다보니 우리는 그동안 수많은 톨게이트를 지났다. 해외에서도 우리나라의 하이패스처럼 렌터카에 달려 있는 기계에서 요금이 선결제되고 추후 반납할 때 자동 청구되는 경우도 많지만, 아직 카드나 현금으로 기계에 직접 요금을 지불해야 하는 곳도 더러 있다. 그리고 이 후자의 경우는 언제나 여행을 다이내믹하게 만들었다.

한번은 프랑스에서 분명 카드 표시가 있는 곳으로 들어갔는데, 아무리 카드를 갖다 바쳐도 기계는 묵묵부답이었다. 우리가 온갖 카드를 다 써보는 그 2~3분 사이 우리 차 뒤로 대여섯 대가 줄을 서 있었다. 아무도 클랙슨을 울리지 않고 기다려주었지만 불어를 몰라 그들에게 상황을 설명할 수가 없었다. 낯선 곳에 발목을 잡혀 당황한 우리 부부는 허둥지둥

식은땀을 줄줄 흘리는데, 갑자기 아이가 차에서 내리더니 씩씩하게 뒤편의 자동차들에 수신호를 보내기 시작했다. 양해를 구하듯 고개를 까닥이며 손을 앞에서 뒤로 슬슬 미는 그 동작에 운전자들이 일제히 움직여주었다. 기다려주던 자동차들이 천천히 다른 게이트로 빠지고, 우리도 조심스럽게 후진을 해 현금으로 지불할 수 있는 게이트로 빠져나올 수 있었다. 알고 보니 그곳은 교통카드처럼 특정 카드로만 통과되는 곳이었고, 일반 신용카드로 지불하려면 카드 그림에 영어로 'card'라고 적힌 곳으로 들어가야만 했다. 우리보다 나은 아이의 대처 능력에 겨우 숨을 돌렸다.

다음번 고난은 베네치아로 향하는 길목에서의 톨게이트였다. 이번에는 제대로 유로 표시가 있는 게이트로 들어섰는데, 기계가 자꾸 지폐를 뱉어냈다. 동전으로 결제하려니 금액이 모자랐다. 이제는 좀 노련해졌다고, 기계에 달린 호출 버튼을 누르니 이탈리아 아저씨의 유창한 이탈리아 말이 폭포처럼 쏟아졌다. 더듬더듬 영어로 말해달라고 부탁하니 이 아저씨, 말없이 뚝 통화를 끊었다. 곧이어 거짓말 살짝 보태서 1미터쯤 되는 종이가 줄줄이 기계에서 프린트되어 나왔다. 엉겁결에 그걸 받아보니 곧장 차단기가 열렸다. 우선 급한 대로 게이트를 통과해 주차한 뒤에 글자를 읽어내려가니 내용인즉슨, "너거들 때문에 차 밀리는 거 봐라. 내가 오늘은 그냥 보내줄 테니 일주일 안에 아래 계좌로 요금 송금해라. 차 번호 다 알고 있다. 일주일 지나면 과태료가 계속 추가된다"…… 뭐 이런 내용이었다. 베네치아, 너를 만나기가 이렇게 힘든 것이냐. 물속에 우아하게 있으면서 별 환영 인사를 다 하는구나. 하지만 우리는 여행자라서 시간이 넉넉하지 않단다.

결국 고속도로가 나올 때쯤 사무실로 보이는 곳으로 찾아가 그 종이를 보여주었다. 그러고는 우리가 여행객이라 해외송금을 알아볼 시간이 없으니, 오늘 돈을 내겠다고 방법을 알려달라고 물었다. 접수원은 곧 옆 창구로 우리를 안내해주었고, 그곳에서 영수증을 출력받아 무사히 현금으로 결제할 수 있었다.

그런 수고로움 끝에 숙소에 도착해 짐을 풀고 산마르코 광장으로 향할 수 있었다. 유럽의 여름은 해가 길어서 늦은 시간이었지만 많은 사람들이 광장에 머무르고 있었다. 광장 앞 식당 무대에서는 음악가들이 멋들어진 곡을 연주하고 있었고, 그 앞으로 펼쳐진 테이블에는 사람들이 앉아 와인이나 음료를 음식과 즐기며 베네치아를 온몸으로 느끼고 있었다. 소란스러운 대화들 속으로 파고드는 음악소리, 베네치아의 수상교통수단인 바포레토들이 오가는 소리, 곤돌라 사공들의 호객소리와 그들이 손님들에게 들려주는 노랫소리들이 귓가를 가득 채웠다. 시야는 해가 점점 내려앉아 산조르조마조레 교회 뒤편으로 깔리는 붉은 융단이 차지했다. 우리는 광장 끄트머리에서 바다를 발아래 두고 난간도 없는 곳에 걸터앉아 있었다. 장기간 운전과 긴장의 연속인 톨게이트를 치러내느라 지쳐 다들 흐물거리는 채였다. 그 자세로 각자 베네치아를 흡수했다. 나는 이곳의 곤돌리에들이 노 저어가는 바다만 바라봤다.

"내일 좀더 깊게 베네치아를 보기로 하고, 오늘은 탄식의 다리까지만 산책하듯 걷고 돌아올까?"

모두가 고개를 끄덕였다.

어떤 문제가 닥쳤을 때 우리의 해결 능력이 점점 진화되는 걸 함께 여행하는 아이도 느끼고 있을까? 매번 깜짝 이벤트처럼 발생하는 문제상황에서 '지레 당황하지 말자. 그리고 앞으로 어떻게 할지를 생각하자'를 배워나가는 것 같다. 바뀌지 않을 일이나 어쩔 수 없는 상황을 자꾸 이야기하거나 아까 이럴걸, 저럴걸 하고 아쉬워해봐야 생각만 더 복잡해지고 허둥거려지더라. 잠깐이라도 다 내려놓고, 어떻게 이 상황을 헤쳐 나갈지만 생각해보면 늘 답은 구해지더라. 살면서 안 풀리는 상황이나 벽을 만날 때 한 발짝만 뒤로 물러나 숨을 폐 속 깊게 들이 쉬고 내쉬면서 문제를 바라보자. 분명 안개가 걷히듯 답이 서서히 우리를 향해 걸어올 거다. 어떤 것은 순식간에, 어떤 것은 시간이 좀 걸리겠지만 해결할 마음을 먹는 그 순간부터 해결은 이미 시작될 거다. '진짜 큰일'은 세상에 좀처럼 없다.

더덕순피자

준비물
통밀토르티야 두 장,
모차렐라치즈, 토마토소스,
토핑재료

① 통밀토르티야 두 장 사이에 모차렐라치즈를 넣고 포갠다.

② 한쪽 면에 토마토소스를 넓게 펴 바르고 다시 치즈를 뿌린다.

③ 집 근처에서 딴 더덕순과 표고버섯, 유채꽃 등을 올린다.

④ 에어프라이기에 넣고 180도에서 20분 동안 조리한다.

시골에서 한식만 해 먹을 거라고 생각했다면, 만약 피자를 만든다면 직접 도우부터 만들 거라 생각했다면…… 미안하지만 둘 다 틀렸다. 물론 한식을 주로 해 먹고, 거의 다 직접 만들어 먹기는 하지만 시골에 산다고 해서 또는 시골에 살기 때문에 모든 걸 만능으로 해내지는 못한다. 게으른 핑계일 수도 있지만, 내가 원하는 만큼만 노동하고 나머지 잉여 시간은 충전을 위해 사용하자는 게 나의 생각이다. 귀촌했거나 시골에서 오래 지내신 분들 중에는 정말 다 해내시는 분들이 많다. 그분들과 내 삶, 어느 쪽이 맞고 틀린 것이 아니다. 각자 기준과 방식이 다르니 서로에게 맞는 선택을 할 뿐이다.

먹는 걸 좋아하는 남편과 아이가 갑자기 피자가 먹고 싶다고 말하면, 냉동실에 소분해둔 토르티야를 꺼내든다. 봄에는 대체로 적어둔 것처럼 더덕순과 표고버섯, 유채꽃을 토핑으로 사용하지만, 계절에 따라 제철 재료들로 토핑이 달라진다. 그걸 가족들도 알고 있으니 "무슨 피자 해주세요"란 주문이 있을 수 없다. 그저 "오늘 피자 먹고 싶어요"라는 말 하나로 진행된다.

정말 단순하지만 충분히 양식 욕구를 채울 수 있는 이 요리는 출출할 때 먹기 좋다. 손님용 요리라기보다는 가족 또는 오래 알고 지내는 손님들과 갑자기 반짝거리는 날에 번갯불에 후다닥 구워 먹기 적당한 시골식 피자다.

찔레순페스토

준비물
찔레순, 올리브오일,
잣(또는 견과류),
소금, 후추

① 통통한 찔레순을 씻어 물기를 빼둔다.

② 찔레순이 약간 잠길 정도의 올리브오일과 잣을 넣고 소금과 후추로 간을 맞춘다.

③ 모든 재료를 믹서기로 갈아 소독한 병에 담는다.

집 근처 찔레순이 통통하게 살이 오르면 따서 씻어두고는 간단한 재료만 넣고 전부 갈아버린다. 이렇게 병에 담아둔 찔레순페스토는 주로 빵에 찍어 먹는다. 정식 페스토를 만들려면 마늘이나 치즈도 넣어야겠지만, 우리 가족 모두가 상큼한 풋맛을 좋아해서 온전히 찔레순만 넣고 그 향을 즐긴다. 이때 괜찮은 올리브오일을 사용하면 오일의 푸른 맛과 찔레순의 알싸한 맛의 궁합이 너무 좋다.

이곳에 살면서 향이 좀 강한 산채들로 페스토를 만드는 데 재미가 들었다. 다양하게 실험 삼아 만들어보고 맛있으면 보관해서 파스타에 넣어 먹거나 빵에 찍어 먹고 있다. 지금까지 산마늘과 깻잎, 찔레순이 가장 좋은 재료들이다.

3부

아낌없이 주는 사이

"우리가 알고 지낸 지 벌써 20년이 넘었다고? 우리 너무 길게 만나는 것 아니야?"

한미는 아르바이트에서 처음 만난 사이다. 그녀는 그곳에서 대학시절 마지막 아르바이트를 했고, 나도 마침 아는 언니의 휴무 대체자로 나가서 일을 하다 함께 밥 먹는 조가 되었다. 그렇게 몇 차례 밥을 먹으며 이것저것 이야기를 나누다 보니 어느새 '내 동생'이 되어 있었다.

붙임성이 좋아 번번이 우리집을 드나들었는데 어린 나이였지만 단 한 번도 빈손으로 온 적이 없어 어머니도 참 깊은 아이라며 늘 한미를 예뻐하셨다.

내가 아이를 낳았을 때도 그녀는 내 일상의 모든 걸 도맡아주었다. 나의 까다로운 요구에도 내 취향에 맞는 각종 생필품을 착착 인터넷으로 배송시켜주었고, 어머니의 병간호로

집을 비울 때면 "미야, 나 엄마랑 내일 아침에 서울 가"라는 말 한마디에 곧장 시간 내서 아이가 혼자 있지 않게 도와주었다. 유기농매장을 시작했을 때에도 그녀에게는 업무를 믿고 맡길 수 있었다. 박한 월급에도 그녀는 매장 관리의 모든 일을 총괄해냈다. 매장을 운영할 무렵, 어머니가 말기 암 판정을 받았고 특히 어머니를 떠나보내는 동안에는 정신을 반쯤 놓고 살았다. 그래서 몰랐다. 내 일상까지 무너지지 않도록 주변 잡일을 처리해주는 것이 내게는 무척이나 감사하고 고마운 일이었지만, 그녀 입장에서는 얼마나 귀찮고 성가신 것들이었을까. 하지만 그녀를 헤아릴 정신이 없었다. 어린 그녀가 오히려 옆에서 묵묵히 버텨주어서 내가 서 있을 수 있다는 걸 나는 참 늦게 깨달았다. 무엇으로 고마움이 갚아질까.

"한미는 뭘 줘도 아깝지 않아. 오히려 계속 뭘 해줄까 늘 고민하게 만들어."

"그러게, 한미는 늘 당신 손발이 되어주니까."

우리는 참 많은 것이 닮아 있다. 한의원에서 체질도 같다고 말하지를 않나, 오며가며 알게 된 명리학 선생님에게서는 우리는 많이 닮았다고 서로 의지하고 살라는 말까지 들었다. 나에게는 다른 말이 필요 없는 동생이다. 남이라고 생각해보지 않았다. 아직은 내가 기대는 부분이 더 많아 면목이 없지만, 꿈에서조차 우리의 인연이 끝날 거란 상상을 해본 적이 없다. 늘 내가 부르면 옆에서 대답해줄 거라 믿는다.

언젠가 나도 그녀에게 꽤 괜찮은 언니가 되고 말 테다. 나의 어깨를 기꺼이 내주는, 한미에게 있어 믿을 만한 괜찮은 언니.

아이의 커다란 친구

"난 언니의 단단함이 좋아. 생각한 걸 실천하고 사는 모습이 좋아. 남편도 자기 주위에 많은 사람들이 있지만, 말한 대로 사는 사람은 언니랑 형부가 유일하대. 내 각 잡힌 성격 때문에 힘들거나 지칠 때 언니를 만나면 다시 살아봐야겠다는 다짐도 들고, 왠지 꿈꾸던 걸 이루며 살 수 있을 것 같아."

나를 이렇게 극찬해주는 은자는, 내가 유기농가게를 운영할 때부터 시작된 인연이다. 나보다 훨씬 어린 나이지만 그녀는 영특했고, 야무짐이 온몸과 말에 가득차 있었다. 그러다 서로가 편해졌을 무렵 우리는 시골로 이사를 떠나게 되었고, 그녀는 내가 어디를 가든 나의 모습을 잃지 않고 살아갈 것이라 믿는다며 나의 시골살이를 응원해주었다. 그뒤로 마리의 부엌을 시작하고, 그녀 가족이 우리집에 한 번 다녀간 후로는 좀처럼 만나지 못하고 서로의 안부만 묻고 지냈다.

그리고 재작년, 아이가 학교를 그만두고 도시로 나가서 공부를 제대로 해보고 싶다는 의사를 내비쳤다. 정형화된 교육기관인 학교를 벗어나 스스로 원하는 공부를 하겠다 결심한 것이다. 다만 아이는 자기 성향상 집에서 독학은 힘들 것 같다고 말했고, 나는 은자에게 전화를 걸었다. 시간이 되면 일주일에 두 번쯤 오전에 아이와 만나 영어 공부를 봐줄 수 있느냐고.

　　"당연히 봐주지! 언니, 나 너무 행복하다. 잘 지내는지 생활 케어도 내가 할게. 아프거나 뭔 일 생기면 내가 알아서 챙길 테니, 걱정하지 마!"

　　내 조심스러운 부탁을 냉큼 받아들이는 그녀에게 당부의 말을 더했다.

　　"은자야, 가끔 편안한 사람에게는 아무 말이나 다 쏟아내서 스트레스를 푸는 아이야. 그래서 선을 넘지 않게 차분히 얘기해주는 사람이 필요해."

　　"응응, 언니 그것도 내가 할게."

　　오랜 세월 지내온 은자의 인품을 십분 믿었기에 아이를 그녀에게 보낼 수 있었고, 내 믿음대로 그녀는 거의 1년이라는 기간 동안 아이에게 무척이나 든든한 보호자가 되어주었다. 아이도 은자에 대한 믿음이 깊어지며 두 사람은 스스럼없는 친구 같은 사이가 되어갔다. 어느 날 아이가 내게 이렇게 말하더라.

"엄마, 이모랑은 대화가 잘 통해서 너무 좋아. 지금의 내 상황을 이야기하면 쉽게 이해해주는 것도 좋고, 무엇보다 '뼈 때리는 말'도 둥글려서 이야기해줘. 솔직히 엄마 주변 분한테 무엇을 배우는 건 불편한데, 유일하게 계속 이 관계를 유지하고픈 게 이모야."

어느새 두 사람의 관계는 어른과 아이, 스승과 제자, 인생 선후배 그 모든 것이 한데 섞여 찬란하게 자라 있었다.

"언니는 '엄마라서' 아이를 믿어주는 면도 있겠지만, 나는 지난 1년을 지켜보면서 언니 딸은 마음먹으면 뭐든지 할 수 있는 아이란 걸 느꼈어. 대단한 아이야. 그래서 난 늘 그 아이를 믿고 응원해. 아무래도 대학 졸업할 때까지는 내가 보모 하려고."

그러면서 '오늘은 내가 다음 주에 카페 데이트하자고 톡 남겨야지!'라는 말과 경쾌한 웃음으로 아이에 대한 애정을 갈무리한다.

은자는 지금도 나랑 대화할 때면 아이의 이름 앞에 '우리'라는 단어를 꼭 넣는다. 내 믿음 그 이상으로 아이를 챙겨주고, 한 해 동안 든든하게 아이의 옆자리를 지켜준 것의 고마움을 이루 다 말할 수 없지만 부족하게나마 감사한 마음을 그녀에게 잔뜩 표현하고 있다.

하지만 언제나 나는 표현하는 데 있어 모두에게 지고 만다. 어느 날 은자가 내게 말했다.

"언니 한 해 한 해 싫은 게 많아지고, 미운 것이 많아지고, 보기 싫은 게 많아지더라. 내가 좋아하고, 나를 더 아껴주는 것들에 집중해야 하는데 그러질 못했던 날들이었어. 그러다 언니랑, 특히 언니 딸과 함께하는 시간이 시작되면서 올해 참 많이 치유됐어. 이건 내가 살면서 언니 딸에게 돌려줄 시간이라고 생각해. 언니에게도 마찬가지고!

형부도, 언니도 늘 한결같은 모습인 게 얼마나 위로되고 위안되고 힘이 되는지 모를 거야……. 암튼 그래. 그 자리에서 지금까지 그랬던 것처럼 매일을 살자, 언니. 언닌 조금만 더 건강해지고!"

아이의 인생에서 좋은 스승이자 친구 같은 멘토들을 꼽자면 그중 한 명은 분명 은자 네가 아닐까. 고맙다. 살아가면서 이 기분좋은 채무를 갚아나갈게. 나의 핸드폰에 저장된 네 이름은 '우리 가슴 뛰는 삶을 살자'란다. 너랑 이야기하고 나면 항상 이 문장이 남거든. 너의 이야기처럼 매일을 살자. 우리의 가슴 뛰는 이 삶을.

아이들이 반짝이던 날

다시 돌아온 프랑스. 이번에는 나와 아이, 그리고 오래된 인연은 아니지만 우리집 손님으로 와 오래갈 인연이 되어버린 정연 언니와 네덜란드에 살고 있는 언니네 막내 넷이서 함께 하기로 했다. 아이는 두번째로 만난 파리에서 해보고 싶다는 것이 몇 가지 있었다. 에펠탑에 다시 가보기, 야경 보기, 그 아래서 피크닉하기, 아이스크림 먹기, 외국 도서관에서 공부해보기 등등. 그래서 아이는 언니네 막내와 함께 부슬거리는 빗속에서도 에펠탑의 야경을 보러 다녀왔고 매일 아이스크림을 먹었으며 언니의 대학 도서관에 쫓아가서 몇 시간 책을 읽다 왔다.

정연 언니는 철없는 내 아이와 같이 웃어주고 손잡아주며 온전히 아이를 존중해주었다. 늘 아이가 고르는 식당에 가서 원하는 메뉴를 시켜주고 지역 특색 있는 음식을 먹게 해주었다. 아이는 푸아그라처럼 내장으로 만든 요리도 거부감 없이 잘 먹었다. 때로는 캄보디아나 그리스, 중국 요리 같은 다른 나라 음식도 경험시켜주었다. 먹는 방법도 귀찮은 내색 없이 차근차근 설명했다.

이곳에서 한없는 지지와 사랑을 받아낸 아이는 이번 여행으로 내면이 많이 채워졌으리라. 당분간 정연 언니의 귓가에는 아이의 목소리가 환청처럼 들리겠지. 이모, 뭐 먹어요? 이모, 행복해요. 이모, 어디 가요? 이모, 사랑해요. 이모, 할 이야기가 있어요…… 조잘거리며 속에 있는 모든 궁금증을 다 쏟아내었으니까. 비운 만큼 가득히 채워준 언니 덕분에 아이와 나는 이렇게 또 여행으로 단단해졌다.

언니의 막내를 데려다주기 위해 우리는 잠시 네덜란드로 이동했다. 그 여정에서 어느 바닷가에서 넷이서 산책을 나섰다. 바람은 개구진 아이처럼 우리의 머리를 마음껏 헝클어두고, 얼굴을 만진 뒤 온몸을 훑고는 사라졌다. 다니는 날들 가운데 어느 하루도 즐겁지 않은 날이 없었지만, 이날의 바닷가는 유독 편안했다. 해당화가 줄지어 핀 바다는 간간이 보이는 건물과 외국인만 빼면 우리나라 같다는 착각이 들 정도로 정겹게 고왔다.

해안선을 따라 걷다가 구조물 위로 올라가 껑충거리며

위태로이 걸어가는 아이의 손을 언니네 막내가 잡아주었다. 둘만 아는 이야기들로 터트린 웃음을 바람에 실어 뒤편의 우리에게 보내왔다. 여행을 다니며 종종 아이는 "언니, 나도 언니가 가지고 싶어"라고 이야기했었다. 그걸 기억하고 있었는지, 언니네 신중한 막내는 이날 아이의 손을 잡아주며 말했다.

"내가 언니가 되어줄게."

두 아이는 손을 잡은 채 저무는 햇살 속으로 들어가며 반짝거렸다. 그 모습을 보며 뭉클했다. 우리는 가끔 어린아이가 애정을 받기만 하는 존재라고 생각한다. 어른이 그들을 보듬으며 사랑을 내려야 한다고. 하지만 아이도 다른 아이에게 애정을 준다. 다음 세대가 될 저 작은 아이들끼리 애정을 주고받으며 유대를 만드는 과정을 미리 본 듯한 기분이 들었다. 마음이 든든해지는 광경이었다. 훗날 이날을 기억한다면 해안가에 주저앉아 우리가 무슨 이야기를 나누었는지는 기억나지 않아도, 상수리나무 가득했던 그곳에서 다른 무엇보다도 반짝거렸던 아이들이 떠오를 것 같다.

아이는 오랫동안 고심한 끝에 교육 제도권인 학교를 벗어나기로 했다. 나와 아이 둘이서 떠난 이번 여행은 앞으로 검정고시를 치를지, 남은 시간을 어떻게 지낼지 등 각자 생각을 정리하는 시간을 갖고자 계획한 여행이었다. 나는 여행 내내 '쿨한' 엄마가 되기 위해 부단히 노력했지만, 마음 한 귀퉁이에 알 수 없는 삐걱거림을 간직하고 있었다.

여행자의 특혜인 '여유를 동반한 자유'를 마음껏 누리며, 여행이 끝날 즈음 아이는 조금 편해진 것처럼 보였다. 하지만 깊은 마음속 불안감은 완전히 감춰지지 않았다. 나 역시 아이에게 차마 내비치지 못한 속내가 조금은 남아 있었지만 늘 그랬듯, 아이의 편에 서기로 했다.

평범하지 않은 길, 남들과 조금은 다르지만 마음이 당기는 그 길을 우리 가족은 언제나처럼 다 같이 손 꼭 잡은 채 한두 걸음 걸어갈 것이다.

싱가포르에 보내는 묵가루

서툰 문장이 담긴 예약 카톡을 받았다. 싱가포르에 사는 자매라고 했다. 교포인지 물었더니 싱가포르 사람이고 한국말을 조금 한단다. 예약을 진행하며 어떻게 올 거냐고 물으니 렌터카로 온대서 주소를 보내주었다. 입실하는 날에는 국지성 비가 우수수 쏟아져 내렸다. 빗물과 함께 그날 우리집 안으로 화사한 웃음과 상냥한 말투, 거칠지 않은 몸짓이 사랑스러운 천사들이 걸어왔다.

저녁시간 때 밥을 먹으며 함께 이야기를 나누어보았다. 한국 음식을 좋아해서 한국어를 책으로 배우고 있는데 특히 나물을 좋아한다고 했다. 김치도 담가 먹었는데 싱가포르엔 열무랑 총각무가 없다고 아쉬워하길래 당장 집에 있는 각종 나물들을 다 내어주었다. 하나하나 핸드폰으로 검색하며 서로 확인하고 맛을 보는데 무엇 하나 거슬려하지 않고 잘 먹었다. 무엇으로 양념했는지 물어보기에 한식간장과 들기름만으로 간을 했다 답하니 너무 맛있다며 연신 젓가락이 오고갔다. 밥상에 고기반찬이 남는 건 괜찮은데 나물이 남으면 아까워할 정도로 나물을 사랑하는 나이기에 그 모습이 참 예뻐 보였다.

재료 본연의 맛을 느낄 수 있도록 나는 음식할 때 재료 외에는 최소한의 양념만 사용하는 것을 원칙으로 삼고 있다. 그렇다보니 어떤 분은 내 나물 요리를 보며 "이거 간한 거예요?"라고 묻기도 한다. 흔히 나물을 무치는 데 사용되는 깨와 마늘이 보이지 않은 탓일 거다. 마트가 아니라 산과 들에서 채취한 나물들에는 고유의 향이 가득하니, 그 풍부한 향과 식감을 맛보여 드리고 싶다.

그 지점을 알아채고 좋아해주는 이 두 자매가 나를 무척 기분좋게 만들었다. 이것저것 마구 만들어주고픈 마음이 스멀스멀 나왔다. 내일 아침 밥 먹고 함께 도토리묵을 쑤어보자 했더니 감사하다는 인사를 수없이 들었다. 다음 날 아침 자매들과 묵을 만들고 나서 싱가포르 가서도 만들어보라며 묵가루를 선물로 주었다.

그녀들은 나머지 여행 중에도 카톡으로 나의 식탁이 그

립다며, 밤에 차와 함께 곁들인 곶감이 너무 맛있었다고 말했다. 특히 동생이 곶감 작업을 해보고 싶다고 말해, 매해 11월에 곶감을 깎고 1월 초에 손질하니 언제든 오라고 답을 보냈다.

남편이 알면 바쁜 일철에 손님 받는다며 지청구할지도 모르지만 나는 항상 누군가 나를, 우리를 찾거나 그리워하면 그 손을 잡으려 한다. 수십만 인연 가운데 귀하게 찾아온 손이니, 적어도 내가 먼저 그 손을 놓을 일은 없다.

고구마줄기된장국

준비물
육수 재료, 양파,
다진마늘, 고구마줄기,
청양고추, 된장

① 고구마줄기는 껍질을 벗긴 후 씻어서 데친다.

② 양파는 채를 썰어둔다.

③ 원하는 재료로 육수를 내고 육수가 끓으면 건더기를 건져낸 뒤 고구마줄기, 양파채와 다진마늘을 넣고 다시 끓인다.

④ 마지막으로 청양고추를 썰어서 조금 넣고, 된장으로 간을 맞춘다.

여름이 오면 고구마줄기된장국을 한 냄비 가득 끓인다. 그냥도 먹을 수 있고 양념으로도 먹을 수 있는, 맑은 시원함을 가진 뜨거운 국물 요리를 몇 가지 발견하게 되었는데 그중 하나가 이 된장국이다. 된장국 속 고구마줄기 건더기를 넉넉하게 건져 썰고, 열무김치도 한 움큼 썰어 밥과 함께 된장 국물을 적당히 넣고 비비면 아무리 입맛이 없어도 밥 한 그릇 비우는 데 문제없다.

요즘처럼 견딜 수 없는 더위의 여름이면 에어컨이 선택이 아닌 필수가 된다. 차가운 공기에, 찬물에, 차가운 음료에, 온통 차가운 것만 속으로 밀어넣으면 불길에 기름을 붓는 듯 속이 불편해진다. 함부로 굴린 내 몸에게 미안한 마음이 들 때면 따스한 국을 먹는다. 그렇게 팥죽보다 짙은 땀을 한 대접 작정하고 흘려서 나를 안고 있던 냉기도 같이 내보낸다. 하룻밤쯤은 여름밤 편안하게 잠들기를 바라면서.

우리와는 항상 이렇게 먹다보니 바깥 생활하는 딸의 제일 불만사항은 밥이다. 조식부터 소시지에 햄이 나오니 먹기가 곤욕스럽다고 했다. 급식이라고 저렴하게 측정해서 식대를 받지 말고, 가격이 조금 올라가더라도 속이 든든할 밥을 줄 수는 없는지 아쉽다.

그 어린아이가 스스로 면역력이 떨어진 것 같다며 제비

처럼 집밥을 먹으러 틈틈이 본가로 돌아오는 걸 보면 부모로서 짠하다. 그렇다고 집에서 고기반찬을, 영양성분을 따져가며 거창하게 차려주는 것도 아닌데, 아이는 된장국에 맛난 김치 하나라도 있으면 맛나게 먹어준다.

그러고 보면 우리 손님들도 내가 지은 밥을 먹으며 '집밥' 같단다. 우리는 이제 집밥을 집이 아닌 밖에서 찾아야 하는 시절 속으로 들어온 걸까. 어떤 부재가 우리의 밥상을 이렇게 만들었을까. 예전을 기억하자면 밥을 준비하고 차리면서부터 가족들은 하루의 일상을 나눴고 부모님께 꾸지람을 반찬으로 올려 먹어도 든든했다. 그런 날들이 있었는데 갈수록 인스턴트음식이나 배달음식이 그 자리를 채우고 가족들의 식사시간도 많이 쪼개어진 듯하다. 순간을 추억할 수 있는 시간이 줄어든 셈이다. 나는 이다음 오랜 시간이 흘러 내 아이가 엄마인 나를 기억 속에서 찾아내야 할 때, 그때 내가 해주었던 음식에서 그 파편들을 찾아내면 좋겠다. 그렇게 아이에게 나의 기억을 하루하루 쌓을 수 있다면.

초피잎장아찌

준비물
어린 초피잎, 고추장,
매실액, 가는소금

① 부드럽고 연한 초피잎을 살살 씻는다.

② 씻은 초피잎을 채반에 펼쳐두고 그늘에서 구덕구덕하게 말린다.

③ 하루 정도 말린 초피잎에 고추장과 매실액을 넣고, 소금 간을 해서 버무린다.

초피 또는 제피라고 불리는 작고 동그란 열매는 한식에서 널리 사용되는 대표 향신료다. 보통 열매를 풋내나 비린내 잡는 데 사용하는데 잎도 향이 강하다. 어린 초피잎을 고추장에 무쳐 장아찌로 만들어두면 장어나 고기를 구워 먹을 때 살짝 얹어 먹기 좋다. 깻잎보다 향이 강력해 느끼함을 훨씬 더 많이 잡아준다.

더운 여름 입맛 없을 때, 오차즈케처럼 차가운 보리차에 밥을 말고 그 위에 초피잎장아찌를 얹어 먹으면 밥맛이 없었던 것은 내 기분 탓이었다는 걸 깨달을 만큼 밥 한 그릇을 쉽게 먹을 수 있다. 초피에는 회충을 없애는 약 성분도 있으니 봄에 생채소를 넘치게 즐긴 다음, 더운 여름이 시작될 때 간간이 먹으면 좋은 제철 음식이다.

장아찌는 집집마다 장도 다르게 쓰고 맛도 다른 게 참 매력적이다. 비슷한 재료로 만들어지는 색다른 맛을 만나볼 때면 항상 눈을 반짝이며 흥분하게 되니, 음식이 주는 또다른 삶의 재미다.

잘 지내길 바라요

집 공사를 시작할 때쯤 걸려온 전화 한 통. 수화기 너머로 힘이 쭉 빠진 남자의 목소리가 들려왔다.

"오늘 갈 수 있을까요?"

"당일 예약은 곤란한데요. 그리고 곳곳이 공사 중이라서 어수선해요."

"아…… 제가 어머니 삼오를 지내고 어디 갈 데가 없어서 연락드렸어요."

'어머니 삼오'라는 말에 쿵 하고 몸 어느 한 곳이 내려앉았다. 그 진동을 느끼며 나도 모르게 "네, 오세요"라고 답했다. 저녁이 다 되어서야 민박에 도착한 손님은 오십대 중후반쯤 되어 보였다. 거칠한 얼굴에 초점 흐린 눈빛, 의욕 없는 목소리. 마땅한 방이 없어 뒤쪽 구들방으로 안내했더니 여기도 좋다며 숙박하겠다고 했다. 우리 민박에는 가끔 혼자 오시는 남자 손님들이 계시는데 왜인지 모르겠지만 그분들은 녹초가 되어서 오시는 경우가 많아서, 남편도 나도 '혼자 오는 남자 손님'이라면 더 신경이 쓰인다. 이분도 얼굴에 지친 기색을 역력히 드러내 보여서 우리로서는 참 조심스러웠다. 손님은 결국 저녁식사 때 눈시울을 붉혔다.

"저 이런 밥을 몇 년 동안 못 먹었어요. 3년간 어머니 병간호를 하느라 일도 제대로 못 하고, 그냥 끼니만 대충 해결했거든요. 그렇게 매달렸던 어머니가 돌아가셔서 상을 치르고, 삼오를 지내고 나니⋯⋯ 혼자 있다가는 딴 생각을 할 것 같아 너무 무서워서 이곳에 전화했어요."

터진 눈물과 함께 본인의 이야기를 털어놓은 손님은 따스한 차 한 잔을 나누며 다른 분들과 어울리시더니 여러 날을 우리와 머물렀다.

처음 오셨을 때 손님의 눈매는 매섭고 차갑게 굳어 있었다. 하지만 이곳 손님들과 이야기를 나누고 나의 애정어린 잔소리를 배부르게 먹고는 가끔이지만 열다섯 소년의 수줍은 웃음을 머금기 시작했다. 많이 안 먹는다는 식사량은 어느새 밥 한 공기를 넘겼고, 잘 마시지 않는다던 커피도 수시로 마셔가며 딱딱한 손님의 몸이 조금씩 풀려가는 것이 보였다. 처음엔 눈칫밥 먹는 아이 같더니 먼저 말을 걸기도 하고 노곤노

곤한 찐빵이 되어갔다.

집으로 돌아가는 날. 언제든 밥 먹으러 또 오라는 남편의 당부에 손님은 멈칫했다. 그 순간 그가 보여준 눈빛을 잊을 수 없다. 잘 자는지 잘 먹는지, 친구도 가족도 아닌 내가 종종 손님을 떠올리며 염려할 때쯤 그는 온갖 스위치와 전구, 전등을 들고 나타났다. 묵는 내내 우리가 분주히 내부공사 하는 걸 보고도, 그 무렵 본인 어깨가 불편해 팔을 들 수 없어서 아무것도 도와주지 못한 일이 늘 마음에 걸렸단다. 휴식기를 갖고 다시 전기공사 일을 시작하게 되어 새 집에 필요할 것 같아 부자재를 들고 왔다고 했다. 아무런 부담도 갖지 말라고, 어찌 지내는지 가끔 안부를 전해주며 얼굴 보여주는 걸로 만족한다 했지만 내 말은 듣지도 않고 이렇게 또 손님께 빚을 지었다.

손님은 그 이후로도 종종 우리집을 찾으며 밥과 커피를 넉넉히 충전해가곤 한다. 그를 볼 때마다 처음 왔던 날과 떠나는 날의 눈빛이 얼굴 위로 겹쳐 보인다. 마음을 내어주는 일이 세상에서 제일 쉬운 나는 늘 이런 인연들에게 어느 한 곳을 덥석덥석 떼서 내어주고 만다. 내 마음이 그들의 마음 한구석에 포슬포슬한 토양으로 남아 있기를. 어제보다 오늘 바람이 더 차니 생각나는 얼굴들이 많다.

따로 또 같이

이곳 프랑스 툴루즈에는 몇 년 만에 눈이 내렸다고 했다. 짧지만 굵게 흩어지는 눈송이가 우리를 반겨주는 듯 춤췄다. 현란함이 어지럽기보다는 반가운 인사 같았다. 잘 지내다 가라고 환영해주는 하얀 솜털무리에 예감이 좋았다.

정연 언니의 집을 수리하기 위해 우리 부부는 툴루즈로 향하는 비행기에 몸을 실었다. 정연 언니네 부부는 툴루즈에 내 나이와 같은 집을 구매해 수리하고자 했는데, 아무래도 형부 혼자 손보기에는 무리였던 모양이다. 그렇게 우리는 3주 동안 함께 일하고, 2주간은 같이 여행을 하기로 했다.

툴루즈에 도착한 남편은 언니네 부부에게 어떤 작업을 해야 하는지, 꼭 해주었으면 하는 게 어떤 일인지 물어보았고, 형부는 남편에게 집 안팎을 자세히 보여주며 작업 방향을 설명해주었다. 논의가 끝났는지 곧 두 사람은 작업에 필요한 자재들을 사러 나갔다. 외출하는 두 남자를 보며 언니가 말했다.

"마리야, 아마 이 선생님(언니는 남편을 '이 선생님'이라 부른다) 그곳에 가시면 구경하느라 오늘 못 돌아오실걸?"

그러면서 특유의 유쾌한 웃음을 날려주셨다. 어리둥절한 것도 잠시, 필요한 자재를 사온 남편은 돌아오자마자 잔뜩 상기된 얼굴로 내게 가게의 내부구조가 얼마나 멋졌는지, 그 가게가 얼마나 다양한 물건들을 취급하고 있었는지를 설명해댔다. 그러고 보니 형부가 남편을 위해 그곳에서 미리 사왔다는 작업화도 색감이 무척이나 예뻤으니, 가게에서 남편의 눈이 핑핑 돌아도 이상할 것이 하나 없었다.

우리 남편은 마음도 급하지, 바로 일을 시작하자는 남편의 등쌀에 못 이겨 형부는 쉬지도 못하고 곧장 손님용 욕실에 세면대와 하부 장을 설치해야 했다. 들어갈 자리에 딱 맞게 가구를 자르고 끼워야 해서 둘이서 앉았다 누웠다 이상한 포즈를 취해가며 완성했다.

집수리는 3주면 가뿐히 끝날 줄 알았지만, 연이은 비협조적인 날씨에 작업 속도가 더디기만 했다. 마음이 조급해진 남편과 형부는 일의 우선순위를 정하기로 했다. 남편은 우리가 중간에 돌아가더라도 형부 혼자서 마무리할 수 있는 수준으로는 작업을 진행해놓고 싶다고 말했고, 나 역시 정연 언니의 집을 위해 방문한 것이었으니 전혀 이견이 없었다. 그 결과 작업은 4주 가까이 이어졌고, 남은 사흘은 언니 부부와 함께, 이틀은 우리 부부끼리만 여행하게 되었다.

계획만큼 여행하지 못했다고 언니 부부는 우리에게 미안해하고 고마워했다. 하지만 남편은 형부와 이야기를 잔뜩 나누고 모르던 작업도 알게 됐으니 흥미로운 시간이었을 테다. 나는 그저 언니 옆을 졸졸 따라다니며, 먹고 공감하고 노닥거리며 시간을 흘려보내는 게 좋았다. 그리고 우리 부부에게는 언니 부부와 일상을 나누고, 시시한 것에 같이 웃었던 모든 시간들이 여행이었다. 밤마다 와인 한잔하며 서로를 알아가는 시간들로 나와 형부의 잘 맞는 부분을 발견하기도 했다. '언니만큼은 아니더라도 이제 형부도 나를 그리워하지 않을까?' 으스댈 만큼, 우리 두 부부는 툴루즈에서 만나기 전보다 더 서로에게 소중한 사람들이 되어 있었다. 우리 부부가 얼마나 즐거웠고 고마워하고 있는지 마음을 하나하나 꺼내어 보이지 않아도 언니 부부는 이미 알고 있을 것이다.

우리 부부만의 여행을 즐기고 돌아가게 되는 날. 형부가 장시간 비행이 지겹지 않겠냐고 묻자, "마리네는 즐겨요. 열몇 시간 동안 둘이 손잡고 날아갈 텐데 뭐가 지겹겠어요"라 말하는 언니. 역시 우리를 속속들이 파악하고 있다.

이따금 우리는 내일을 이야기한다. 따로 또 같이 살자고. 아이들 공부가 끝나면 프랑스와 한국을 오가며 몇 달씩 같이 지내자고. 우리 두 부부는 물론 아이들까지 찬성했다. 언니네와는 오랫동안 같이 지내보고 여행도 해봤지만 무엇 하나 덜그럭대는 것 없이 다 좋았으니까.

나의 언니 그리고 형부가 우리와 백 퍼센트 맞지는 않지만, 서로를 배려하고 작은 것에도 공감하고 웃을 수 있으니 더이상 바랄 게 없는 완벽한 여행 파트너들이다. '따로 또 같이'를 실현할 그날이 몇 년 남지 않은 듯하다.

단 하루도 알 수 없는 게 우리네 인생이지만 까마득한 미래에 언니와 나는 서로에게 기대고 있지 않을까? SNS로 우리집을 알게 된 언니가 손님으로 오면서 시작된 이 인연은 이제 떨어져 있는 시간이 아까울 정도로 진한 향기를 내뿜는다. 어떤 연유로 언니와 연이 끊어진다면 헤아릴 수 없을 정도로 고통스럽겠지만, 지금 내가 언니에게 보내는 마음만은 진실하다. 언니도 내게 온 마음을 내보인다는 것을 잘 알고 있다. 서로의 존재만으로 든든해서 계속 일상을 버티는 힘을 얻는다. 오래되진 않았지만 오래갈 인연이다.

프랑스에도 '당근'이

두 남자는 작업 삼매경에 빠져 있고, 겨울이라 시장도 잘 열리지 않아 조금은 심심할 무렵이었다. 정연 언니가 내게 불쑥 말을 꺼냈다.

"마리야, 프랑스에도 '당근마켓' 같은 중고거래 사이트가 있다? 제법 오래된 곳인데, 택배는 안 되지만 프랑스 전역에 있는 사람들이랑 채팅이 가능해서 정말 필요하면 먼 거리도 찾아갈 수 있어."

흥미가 불쑥 일었다. '프랑스' '중고거래'라니, 제법 멋진 물건들이 있을 것만 같았다. 남편과 형부가 공사를 나가면 나는 시간을 죽일 겸 그 사이트를 구경하기 시작했다. 그릇, 커피잔, 냄비 등 없는 게 없었다. 큰 도시에서는 거의 명품에 버금가는 그릇들을 저렴하게 올려두고 있었다. 나는 집에서 사용할 것으로 적당한 금액대의 찻잔과 접시들을 몇 개 골라냈다. 영어가 가능한 곳은 내가 직접 메시지를 보냈고, 몇몇 곳은 언니에게 부탁해 판매자에게 구매 의사를 밝혔다. 그렇게 채팅을 주고받으며 서로 맞는 시간대와 약속 장소를 정하고는, 당일 물건을 거래하러 나섰다.

툴루즈는 작은 마을답게 강 주변에 집들이 몇 채 모여 있었다. 집들 색감이 은근한 게 마음을 사로잡아 시간이 남는 틈을 타 언니와 함께 강변을 걸었다. 강물에 흔들리는 집과 나무의 고즈넉한 그림자에 푹 빠졌다. 하루종일 보고 있어도 지루하지 않을 풍경이었다. 중심지에서 조금 거리가 떨어진 곳이라, '어머 그냥저냥 작은 마을이네'라고 속으로 생각했던 첫인상을 씻어버리기에 충분했다.

나무가 울창한 공원에서 짧은 산책을 즐기고 다리를 건너 문 열린 카페 한 곳에서 커피와 핫초코를 한 잔씩 샀는데 두 잔 모두 말도 안 되게 진한 맛을 풍겼다. 깜짝 놀라 다시금 내부를 찬찬히 살펴보니 외관과 달리 그곳은 오래된 카페였고 심지어 원두를 사려는 사람들로 줄이 끊이지를 않았다. 우리도 그 줄에 동참해 집에서 열심히 노동을 즐기고 있을 두 분을 위한 원두 세 종류를 샀다. 이런 소소한 쇼핑이 사는 묘미다. 일상의 조미료 같은 느낌. 하루가 맛있어진다.

약속 시간에 맞춰 그릇 판매자의 동네 기차역으로 향했다. 메신저로 판매자에게 연락했더니, 그녀는 초면에 대뜸 자기 집에 이것 말고도 그릇이 많으니 구경하러 오지 않겠냐고 제안했다. "프랑스 사람들 사는 집 좀 구경하러 가볼까?" 하는 언니의 말에 나는 고개를 끄덕였다. 그렇게 우리 둘은 겁도 없이 전달받은 주소지로 발걸음을 옮겼고, 우리보다 먼저 집으로 돌아가 있던 판매자가 현관문을 열어주었다. 자기는 그릇과 소품을 정리하고 있을 테니 편하게 구경하라고 말했다.

물건은 가정집에서 사용하거나 모아두었던 것이라 그런지, 여행 다니며 보던 벼룩시장 물건보다 정말 저렴했다. 기대했던 커피잔과 티스푼은 없었지만 커다란 벽걸이 장식품도 건졌고, 원래 사기로 했던 접시도 갖추었으니 충분히 만족스러웠다. 언니도 이사한 집에 필요한 소품들을 몇 가지 찾아내었다. 트렁크는 무거워졌지만 마음은 가볍게 집으로 돌아왔다. 먼 이국땅에서 현지인의 집에 들어가 물건을 사게 될 줄이야. 한국에서도 거의 해보지 않았던 경험을 프랑스에서 하게 되니 설렘이 가득했다. 이렇게 편안하게 인터넷을 들여다보며 다양한 물건을 저렴하게 선택할 수 있다니! 다음의 어느 날 언니 집에 또 간다면 또다시 이 사이트를 뒤지고 있을 게 분명하다. 중독적인 설렘이었다.

우리 가족은 내년 1월 미국행 티켓을 끊어두었다. 돌아오는 날짜는 한 달 뒤로 잡았다. 우리집 손님이었던 연실이 정착한 미국 집에 가 있을 예정이다.

부러 무엇도 찾아보지 않았다. 정연 언니를 만나러 떠난 툴루즈 여행 때보다 더 정보가 없는 여행이다. 무모하리만치 알아보지 않은 여행이니, 그저 그곳에서 한 달을 살아가며 그 낯선 곳에 깊이깊이 살을 맞대다 올 것 같다.

무엇을 볼지, 무엇을 할지, 무엇을 먹을지 아무것도 알 수 없는 미지의 시간이 우리를 기다리겠지. 일반적인 '여행'이라 할 수는 없겠지만, 미지의 시간을 경험한다는 측면에서 이 또한 여행이 될 터. 나이를 조금 더 먹게 되면 앞으로도 이런 여행을 더 자주 하고 싶다.

잔뜩 눌러 담은 사랑

우리가 떠날 때 아이가 아빠에게 말했다.

"이번엔 나작에 갈 수 있겠네요. 아빠, 꼭 가봐요. 성에도 올라가보고요."

나작은 구글 지도로 프랑스의 이곳저곳을 구경하다가 우연히 사진 한 장을 보고 반해서 별 모양 북마크로 찍어두 었다가 기어코 작년 가을에 아이와 와본 곳이었다. 그날은 비가 왔는데, 부슬거리며 내리는 빗속에 서 있는 산등성이와 그 앞의 작은 성이 나를 중세시대로 데려다 놓은 것만 같았다. 가을로 들어선 9월의 낡은 성은 군데군데가 무너져 속이 훤히 보였다. 망루를 향해 아이들은 마리오게임처럼 오르락내리락했고 우리는 그 아래에 앉아 성의 기운을 안은 채 소리 없이 여유를 즐겼다.

작년 가을 딸과 둘이서만 프랑스 여행을 갔을 때 아이는 집에 있는 아빠가 마음 한편에 계속 걸렸는지, 발자국 한 걸음에도 늘 아빠를 생각했다. 곳곳에서 사진과 동영상을 찍어서 아빠에게 보내며 '아빠 사랑해!'를 남발했다. 어디든 늘 셋이서 다니다 둘이서만 오니 아이는 "엄마, 아빠가 왔음 여기서 사진을 찍었겠지? 저기도 찍었을 거야"라는 말을 자주 했다.

그때 이곳을 함께 오지 못한 남편에게 미안한 마음이 아쉬움과 교차했는데, 다른 계절이지만 아이의 바람대로 남편은 이곳에 오게 되었다. 비록 겨울이라 성문이 굳게 잠겨 있었지만 아쉽지는 않았다.

아이가 태어나고부터는 우리 둘만 떠나온 여행은 이번이 처음이었다. 계속해서 시야 한 귀퉁이에 아이가 없다는 사실이 마음에 걸렸지만, 고스란히 나만 챙기는 남편은 오랜만이라 새삼 신선했다. 지난 여행에서 아이가 아빠를 생각하며 사진을 찍었듯, 우리 마음 한편에 아이를 두고 하늘과 꽃과 강을 찍어가야지.

작년은 우리 가족에게 참 힘들고 고단했던 시간이었다. 그 시간을 셋이서 서로를 의지하며 잘 보냈고, 지금은 각자 재부팅하는 시간을 보내던 차였다. 우리가 떠나올 때 아이는 장문의 톡을 보냈다.

맨날 새벽에 일어나서 같이 비몽사몽한 상태로 나갔었
는데 이제 그 장면에 제가 빠졌네요. 이번 여정은 엄마
아빠, 제 걱정은 조금 덜어두시고 스스로에게 집중하는
여정이었으면 해요. 그동안 제가 있을 때 내색은 안 하
셨지만 뒤에서 엄마 아빠도 엄청엄청 힘드셨을 거라고
생각해요.

우리 가족이 아무도 겪어보지 못한 일이 닥쳐와서 모두
가 서툴렀고 미숙했고, 그래서 갈등이 생기는 일도 많았
는데 이 모든 과정이 있었기에 지금의 우리가 있는 거잖
아요. 너무 힘들었던 시기에 다 괜찮아질 거라고 위로해
주고 절 믿어주셔서 감사해요. 엄마 아빠의 믿음에 보답
하는 딸이 되려고 노력하겠습니다.

전 열심히 공부하고 있을 테니 앞서 말한 것처럼 제 걱
정은 덜어두시고 하고 싶은 일, 가보고 싶은 곳 마음껏
즐기시고요. 예쁜 추억 잔뜩 담아오시길 바랄게요.

사랑해요, 엄마 아빠!

사랑을 잔뜩 눌러 담은 길고 긴 메시지를 여행 수시로
꺼내보며 혼자 눈물을 찍어내곤 했다. 나는 남편과 이곳에 다

시 왔고, 아이와 먹었던 식당에 가서 각자 취향에 맞는 크레
이프를 시켜 먹으며 작년 가을날을 이야기했다. 곁에 없어도
함께한 기억이 겹치니 외로울 것도 없다.

알비에 두고 온 기도

알비 역시 작년 가을 아이와 함께 왔던 곳이었다. 정연 언니가 평소 눈여겨봐둔 레스토랑이 마침 문을 열어 그곳에서 우리 부부는 정갈하고 아름다운 점심을 먹었다. 처음 접하는 음식이 테이블 위에 올라올 때마다 그 뻔하지 않음에 감탄하게 되었다. 그래서 우리는 작고 소박하지만 그 집만의 색깔을 담아내는 곳을 사랑한다. 식사 후 정연 언니는 개인 용무를 보러 가고 남편과 둘이 남았다.

둘이 어슬렁거리며 알비성당에 가서 이제는 습관이 된 기도를 올렸다. 초를 켜고 광장을 향해 나가니, 주말이어서 그런지 제법 쌀쌀한 날씨인데도 햇살을 즐기는 사람들이 광장에 삼삼오오 모여 소란스러웠다. 따스함이 내린 곳곳에는 동네 주민들을 위한 장이 펼쳐져 있었다. 계절이 계절인 만큼 장작도 팔고 있었는데, 예술작품처럼 정갈하게 잘린 장작더

미들이 무척이나 높게 쌓여 있었다. 얼마나 공들여 높여두었는지 하나라도 사면 그 아름다운 모양새가 흐트러질까 아쉬울 정도였다. 〈해리포터〉 시리즈의 해그리드와 무척 닮은 판매자는 어찌나 포근포근하게 말하시는지 서로 잘 통하지도 않는 영어로 주고받는 말들 속에 광장의 햇살만큼 따뜻함이 담겨 있었다.

그사이 남편은 중고책 좌판을 배회하면서 내게 얼른 오라고 손짓했다. 한걸음에 달려갔더니 마음에 드는 책 몇 권을 골라 들고는 보물이라도 찾은 양 좋아라 했다. 여행지에 서점이 있으면 우리는 꼭 한 번쯤 들어가본다. 언어는 모르지만 종이가 주는 냄새가 좋고, 그 안에 빼곡히 박힌 활자가 경이롭다. 그러다가 간간이 그림이나 사진까지 마음에 들면 우리는 여행자라는 신분을 까맣게 망각하고 지금처럼 책에 욕심을 낸다. 짐이 늘어나니 협상 끝에 각자 한두 권씩만 갖기로 했다. 고른 책을 들고 계산대로 가면 가끔 배려 있는 직원들은 낯선 이방인인 우리에게 "같은 책인데 영어로 된 걸 찾아줄까?" 하고 친절하게 물어보지만, 우리는 언제나 "아니, 이 나라 말로 된 걸 원해" 하고 대답한다. 그럼 그들은 대부분 어리둥절해하며 자국어를 아는지 되묻는다.

"모르지만 좋아해. 그리고 여행을 다니며 책을 한 권씩 모으고 있어."

그럼 대부분 활짝 웃으며 가끔 예쁜 종이로 포장해주는 선물을 받고는 한다. 이번에 남편이 고른 책은 나무 전정하는 방법이 나와 있는 정원 관련 책 그리고 미술사 책이었다. 그리고 나는 긴 고민 끝에 요리책 두 권을 겨우 선택해 계산했다.

우리가 여행을 다녀왔다 하면 대체로 이런 걸 묻는다.

"이곳 가보셨나요?" "이거 먹어봤나요?"

그럼 우리는 이렇게 답한다.

"아뇨, 어느 동네 골목길을 걸었어요. 좋으면 또 가서 걷기도 해요. 광장 앞 카페 테라스에서 눈부신 햇살을 받으며 수다를 풀기도 하고요. 가다가 시장이 보이면 거침없이 내려서 시장 구경에 빠지기도 해요. 그러다보니 계획한 곳을 못가거나 유명한 관광지를 못 보는 게 비일비재하죠. 하지만 사는 게 늘 계획대로 되는 건 아니잖아요.

낯선 곳에서 만나는 공간과 환대들이 저희는 좋더라고요. 여행을 갈 때마다 느끼는 건 '한 곳에 좀더 오래 머물면서 지냈으면' 하는 거예요. 하지만 못 가는 것에 미련을 두지 않아요. 지금은 지금이고 다음은 또 다음이 있으니까요. 지금 이곳을, 현재를 충분히 즐기고 누리는 게 저희 여행 스타일이에요."

나의 남편은 철저한 계획형에, 아는 것을 보고 확인하고 찾는 걸 좋아하지만 어느새 점점 나에게 맞추느라 여행지에서 원하는 액티비티를 하지 못할 때가 많다. 반면에 나는 지역만 선택하고 나머지는 가서 부딪히는 것을 즐기는 무계획형 인간이라 처음에 남편이 많이 힘들어했다. 하지만 서로 좋아하는 것의 교집합을 찾아내 이런 행복을 즐긴다. 오늘 반나절 가까이를 광장에서 머물렀지만 우리는 충분했다. 이렇게 맞춰지는 우리가 더없이 좋다.

"주님, 나의 남편은 우유부단하고 답답해 보이지만 늘 함께해주려 노력하는 담백한 사람입니다. 이 사람은 누군가를 비난할 줄 몰라요. 누군가 자신을 상처 내고 할퀴고 짓밟아도 그럴 이유가 있을 거라고 말해요. 앞에서도 뒤에서도 누군가를 부정적으로 말하지 않아요. 주어진 일을 묵묵하게 해내고 남의 일에도 한 치의 부끄러움 없이 최선을 다해요. 이런 사람이 제 사람이어서 감사합니다.

남들처럼 번지르르하게 윤택하게 살지는 못했지만, 이 사람 안에서 참 많은 걸 누리며 살았어요. 자기가 할 수 있는 한 최선을 다해 저를 위합니다. 함께여서 좋은 날들, 오늘도 그런 날입니다.

같은 곳을 바라볼 수 있는 이 사람이 저를 늘 순하게 만듭니다. 살아 있는 동안 이렇게 손 놓지 않고 함께이고 싶습니다. 지금처럼만 살게 해달라는 욕심 많은 기도를 당신께 드립니다."

알비성당에 두고 온 내 기도는 아직 유효한 것 같다.

나의 아버지

나는 도시에서 줄곧 지내다 2015년, 고향과는 제법 거리가
있는 지역으로 귀촌했다. 귀촌한 지 몇 년째가 되던 어느 날,
고향 인근의 한 국숫집에서 남편과 국수를 먹는데 어르신 한
분이 나를 보더니 불쑥 물었다.

"너 혹시 고향이 대산면 아니냐? 김영하씨 딸 맞지?"

얼떨결에 들은 아버지 성함에 그렇다 대답했다. 간단한
한두 마디 대화로 그분을 보낸 뒤, 우리는 아무렇지 않게 국
숫집을 나왔다. 남편과 차를 타고 집으로 왔는데 그제야 갑자
기 어깨가 들썩이도록 눈물이 났다. 돌아가신 지 50년이 넘어
버린 내 아버지, 이제는 나도 까뭇까뭇 잊어가는데 나에게서
내 아버지를 찾아내는 사람이 있었다.

어떤 사람인지도 친인척들로부터 전해들은 이야기가 전

부인 아버지다. 다만 내가 기억하는 장면이 몇 가지 있다. 나를 한쪽 어깨에 얹고 신작로를 지나 다방으로 들어가 앉으면, 다방 종업원들이 묵직한 갈색 컵에 보리차를 잔뜩 부어주었다. 그 컵을 받아들며 아버지는 차를 시켰고, 내 몫으로 우유 한 잔을 시켜주었다. 곧이어 맑고 긴 유리잔에 김 나는 우유가 담겨 나왔는데, 컵이 뜨거울까 스테인리스로 된 컵 홀더가 끼워져 있었다. 그 컵 홀더에는 여러 무늬가 새겨져 있어 그걸 구경하느라 괜히 손잡이를 돌려가며 여기저기 입을 갖다 대곤 했다. 지금도 뜨거운 걸 잘 먹지 못하지만 그때는 더 심했는지, 아버지는 항상 숟가락을 부탁했고 종업원이 손잡이가 꽈배기처럼 꼬인 기다란 숟가락을 갖다주었다. 그걸 불빛에 대고 빙글빙글 돌리면 은빛으로 반짝여서 나에게는 장난감과 다름없었다.

다방을 나와서는 종종 당구장으로 향했다. 삼각 틀에 당구공을 넣고 적당히 흔든 뒤 틀을 빼내면 곧바로 경쾌하게 울리는 공들의 마찰음이 기억에 남아 있다. 어쩌다 한 번씩은 아버지의 태권도 도장에도 갔다. 내 키보다 훨씬 큰 샌드백이 천장에서 묵직하게 덜렁거렸고, 그 중간에 빨간 고무대야가 있었다. 아버지가 일할 때면 나는 어지럽도록 그 주위를 뱅뱅 돌았다.

어느 날의 기억은 중학교 운동장이었다. 아버지는 그날

홍시보다 선명한 주황색 니트를 입은 나를 데리고 나갔고, 학생들이 나를 둘러싸는 바람에 아버지와 웃으면서 소란스러웠던 장면이 머릿속에 남아 있다. 그리고 내가 기억하는 마지막 장면은, 아버지와의 마지막 장면이기도 하다. 아버지가 위독하다는 전화를 받은 작은아버지는 다급히 엄마에게 같이 서울로 올라가자고 말하셨다. 그 소리에 나도 따라가겠다고 나섰더니 작은아버지는 대뜸 집 옆에 흐르는 작은 개울에 오리모양 튜브를 띄워주셨다.

"저것 따라서 한 바퀴 갔다 와. 그다음에 짐 챙겨서 같이 가자."

지금이야 씨알도 안 먹힐 거짓말이지만, 나는 순진하게 오리튜브를 따라 개울의 끝까지 걸어갔다 집으로 돌아왔다. 당연히 엄마와 작은아버지는 없었고 나는 퍼질러앉아 울었다. 그때 20개월쯤 된 동생은 작은어머니 등에 업혀 있었다. 이게 나의 네 살 기억의 전부다.

친인척들의 말을 빌리면 아버지는 예체능에서 두각을 보이신 듯하다. 우선 태권도 사범이었고 도민체전에 나가서 달리기로 늘 상을 탔으며, 노래는 가수 못지않았고 군 행사의 사회도 도맡았다고 했다. 가계가 크게 기울었던 중학생 시절, 엄마는 처음으로 우리 앞에서 아버지를 원망하며 아버지의 사진과 남기고 가신 글들을 태워버렸다. 등단하신 적은 없지만 아버지가 펜으로 써내려간 필체와 글들은 어린 내가 보아도 시인의 것이었다. 그때 엄마 몰래 한 장 빼둔 아버지의 사진과 편지글은 내가 늘 품고 다니다 어느 여행지에서 놓쳐버렸다. 살면서 벌어진 일들은 어차피 일어날 일이라 생각하며 살지만, 그건 참 후회되더라.

아버지를 잃고 내 의지와 상관없이 엄마는 얼마 후 동생을 데리고 할머니 집에서 더 깊은 시골로 이사를 갔다. 너무 어린아이 둘을 혼자서 키울 수 없었던 것이다. 지금 생각하면 다 이해할 수 있지만, 어릴 때에는 왜 나만 할머니와 작은 집에 놔두고 갔는지 도저히 이해할 수가 없어, 그 원망이 참 컸다.

할머니의 둘째 아들인 나의 아버지는 시골 면 소재지에서 나름의 역할을 해낸, 할머니의 제일 크고 든든한 기둥이었다. 할머니에게는 아들이 셋이나 더 있었지만 아버지가 돌아가신 것을 엄마보다도 더 힘들어하셨다. 수업을 마치고 집에 돌아올 때마다 늘 어느 구석에서 아버지 이름을 울부짖는 할머니의 모습을 목격했다. 할머니는 나오지 않는 숨을 쉬기 위해 곰방대를 물기 시작했다. 그럼 가슴 아픈 게 점점 나아진다고 말했다.

나의 아버지는 모두에게 원망과 그리움의 근원이었다. 나는 틈만 나면 하늘을 보며 말을 걸었다.

"세상 천진한 엄마에게 우리를 맡겨두고 잘 지내셔요?"

사실 이 문장은 굉장히 순화된 표현이다. 더 옛날에는 '제발 나도 좀 데려가달라, 당신은 영혼도 없냐'였으니까. 하늘에 말을 거는 나의 습관은 도시에서 가게를 운영할 때도 마찬가지였다. 그날도 여느 때처럼 하늘에게 원망을 내뱉고 있는데, 어느 분이 내게 말을 걸었다.

"하늘보고 원망 그만해요. 죽은 본인도 세상에서 해보고픈 것 못하고 죽어 억울할 텐데, 원망해봐야 알아주지도 않아요."

그러고서는 휭 지나가버렸다. 그분이 누군지도, 어떤 사연이 있는지도 모르지만 대뜸 내게 던진 말에 가게 동생이랑 얼마나 놀랐던지. 그 말이 머릿속을 빙빙 돌았다. 그리고 얼마 지나지 않아 동생에게서 전화가 왔다. 꿈에서 아버지가 돌아가셨다는 전화를 받고, 나와 서울로 올라가 장례 준비를 했다고. 동생이 꿈에서 마련한 장례식장은 실제로 아버지가 돌아가셨던 세브란스병원이었다.

옛날에 엄마가 이야기해준 적이 있었다. 아버지에게 가보니 말을 제대로 못하고 펜과 종이를 달라고 몸짓했단다. 얼른 아무거나 가져다주니 '미안하오, 우리 아이들을 부탁하오'

라 적으셨다고. 문득 그 이야기가 지금에서야 다시금 떠올랐다.

우리는 너무 어려 미처 참석하지 못했던 아버지의 장례식을, 수십 년이 지나고 나서야 꿈으로나마 치렀다. 내 아버지는 이제야 정말 가신 걸까. 육체는 떠났지만 차마 미안해서 영혼은 떠날 수 없다가 시리게 바람 불던 그날, 영혼마저 이제는 온전한 그곳으로 가신 걸까. 동생과 통화하며 울었다. 모질기가 동장군보다 더 혹독했던 그 지나온 시간이 우리에게 같이 흐르고 있었다.

잊었다 생각했던 그 시간이, 우리에게는 여전히 마르지 않고 흘렀나보다. 50년이 지난 지금도 나는 아버지의 제사를 지내고 있다. 하지만 예전처럼 울지 않고 원망도 쏙 빼두었다. 늘 담담히 사진 속 아버지를 바라본다.

아버지, 5월이 되니 이렇게 제사상에 아카시아꽃튀김도 올리네요. 딸을 잘 둔 덕에 이런 것도 상에 올려드리니 좋지요? 이다음에 만나면 알아보실 수나 있을까요. 당신보다 더 늙어버린 우리를.

엄마는 만나셨을까요, 많이 미안하셨겠지요.

오래된 회포를 두 분이서 먼저 풀고 계셔요.

아카시아꽃튀김

준비물
아카시아꽃, 찹쌀가루,
튀김가루, 식용유, 소금

① 도로가 아닌 산에서 아카시아꽃을 따서 씻은 후 물기를 뺀다.

② 튀김가루와 찹쌀가루를 일 대 일 비율로 넣고 물을 섞어 튀김

반죽을 만드는데, 이때 주르르 흐를 정도로 아주 묽게 만든다. 농도

를 맞췄다면 소금 한 꼬집을 넣어서 간을 한다.

③ 팬에 기름을 넉넉하게 부어 달군다. 굵은소금을 두세 알 넣었

을 때 곧바로 둥둥 올라오면 적당히 열이 오른 것이니 그때부터 튀

김반죽을 입힌 꽃을 한 송이씩* 튀긴다.

* 대부분 튀김은 두 번 튀겨야 바삭하지만, 아카시아꽃처럼 꽃을 튀길
때에는 높은 온도에 하나씩, 한 번만 튀겨야 색이 변하지 않고 바삭해
진다.

봄이면 냉이, 쑥, 두릅을 튀기기 시작해 늦봄에 피는 아카시아꽃까지 튀기면 나의 '상반기 튀김 일정'이 모두 끝난다. 튀기면 다 맛있다는 말이 있긴 하지만, 사계절 식물 가운데 유독 싱그러운 향을 가득 품은 봄 식물들은 얇은 튀김옷을 입혀 깨끗한 기름에 튀겨냈을 때 풍성함이 배가 된다.

귀촌하기 전, 도시에서 살 적에도 매주 여행을 떠나던 우리 가족은 여행에서 돌아올 때 꼭 소박한 자연 기념품과 함께였다. 봄이면 쑥이랑 냉이로 버무리와 장을 만들고, 진달래로 화전을 구웠다. 그때도 틈틈이 자연을 꼭꼭 씹어 먹었는데, 시골에 오니 확실히 훨씬 더 풍성한 자연 식재료를 얻게된다. 더군다나 우리끼리만 먹던 자연을 이곳에 오시는 손님들과, 때로는 지인들과 같이 모여 먹게 되니 내 식탁은 늘 봄만큼만 차면 좋겠다는 생각이 든다.

아름다운 노부부

칠십을 넘긴 노부부가 3일간 우리집으로 쉬러 오셨다. 몸이 편치 않다는 부인은 행동이나 말씀이 무척 조심스러운 분이셨다. 식사를 끝내고 간간이 대화 나누며 시간이 조금 지나자 내게 경계 없이 이런저런 속내를 털어놓으셨다. 사람들은 저마다 살아온 세월만으로 장편소설이 한 편 나오지만 엄마들의 삶은 가히 대하소설이다. 따스한 위로를 찾지 못한 채 살아낸 억척의 시간이 버릴 수도 버려지지도 않게 덩어리진다. 어른들은 대부분 그 시간이 뭉쳐서 병을 안고 사시는 듯했다.

두 분을 처음 보자마자 외삼촌이 생각났다. 서툰 농담과 사람 좋은 웃음을 흘리며 외숙모를 끔찍이도 아끼시던 남편분의 모습이 특히 외삼촌과 많이 닮으셨다. 두 분이서 곱게 차려입고 함께 외출하던 모습은 외삼촌네 모습 그 자체였다. 연세에 비해 서로에게 애정을 잘 표현하시는 것도, 사소한 부분을 배려하시는 모습도 보기 너무 좋았다. 두 분이서 식사하시고 걸어 다니시는 모습도 우리에게 곱게만 보였다.

부인은 책을 무척 좋아하셨는데 눈이 갑자기 나빠져 책 보는 게 힘들다 하셨고, 남편분은 가능하다면 자기 눈 하나를 이식해주고픈데 그게 안 되니 안쓰럽다 하셨다. 절절한 사랑 고백에 가슴이 달아올라 힘든 부인을 안아드렸다.

그후로도 부부는 종종 우리집을 찾아주신다. 남편분은 꼭 현관문을 열며 "우리집 잘 있었나. 오랜만에 왔제"라 말하시는데 그때마다 명치가 찡해진다. 나의 작은 집도 알겠지, 자기를 애정하는 분이 오신 것을. 두 분은 마루에 앉아 이야기 나누시거나 가끔 책을 보신다. 점심식사 외에는 집에서 충분히 휴식하신다. 남편이 무언가 작업을 하고 있으면 "큰머슴님, 작은머슴 왔으니 이제 무얼 도울까요"라며 흔쾌히 손을 내미시는 모습에도 사랑이 가득하다. 내가 부인과 이야기라도 나누고 있으면 먼 곳에서 보채지 않고 기다려주신다.

늘 오시면 그렇게 며칠을 서로 감사하게 지내다 가신다. 떠나실 때마다 나를 안아주시고 손 꼭 잡아주시며, 내가 건강해야 한다는 당부를 잊지 않고 챙기시는 두 분. 두 분이 사시는 동안 서로 잡은 이 마음을 놓지 않고 살아내셨으면 좋겠다. 가끔이라도 안부처럼 나에게 잘 살고 계신 걸 보여주면 더 감사하겠다.

두 분을 존경합니다. 5월의 공기, 잊을 수 없는 향기. 사람의 향기도 영원하리라 믿습니다. 내 영혼 털어 널브러지게 툭 던져놓아도 아무렇지 않을 편안함. 짧지만 몸과 마음을 잘 충전하고 갑니다. 곧 또 찾을 것 같습니다. 감사하고 고맙습니다. 방황하지 않고 곧장 이곳 마리네로 오겠습니다. 아름다운 인생, 부럽습니다. 두 분 사랑합니다.

남편분은 최근 방 안에 이렇게 설레는 고백을 놓아두고 가셨다. 부인은 늘 다녀가신 후 카톡으로 인사를 남겨주신다.

오늘도 눈을 뜨니 회색빛에 놀랐네요. 여기는 마리네가 아니지. 이슬 머금은 무릉도원 같은 그곳, 꿈을 꾼 듯하네요. 아름답고 편안한 양식과 포근한 마음, 그걸로 온 우주를 얻은 것 같은 치유의 장소입니다. 오래오래 지켜주셨으면 감사하겠습니다. 존경합니다. 다른 수식어는 떠오르지 않네요. 허무하게 보이는 이 일상이 헛헛할 때 또 가야지요. 감사합니다.

현관에 신발을 벗기도 전에 이곳이 생각날 것 같다고 소
녀처럼 눈시울을 붉히시던 그 모습이 가끔은 나를 기도하게
하고 안녕을 바라게 한다.

모두의 작은 집

초등학교 4학년 때 시골에 살았던 나는 농사짓고 밭일하는 친구들이 부러웠다. 우리집과 달리 그들 집에는 늘 쌀이 그득했고 채소가 풍성했으니 우리도 농사만 하면 걱정이 없겠다 싶었다. 그 마음을 아셨던 걸까, 어느 날 늘 나와 동생을 혈육처럼 돌봐주었던 옆집 아재로부터 그분이 직접 만든 호미를 받게 되었다. 어린 내가 사용하기 좋게 작은 크기로 손에 쏙 잡히게 만들어주셨다. 나는 곧장 그 호미로 집 뒤에 두 평 남짓한 공터를 밭으로 만들기 시작했다. 그곳에 딸기 모종도 얻어 심고 꽃도 심어두고는 경계를 사초로 둘러놓았다. 날이 따뜻해질 무렵 딸기 모종은 하얀 꽃을 피우고 꽃잎을 내려놓더니, 초록 열매가 점점 부풀어 조금씩 붉게 물을 들였다. 개구쟁이 동생이 딸기가 다 익기도 전에 넙죽넙죽 따먹는 바람에 온전한 빨간 딸기를 밭에서 보지 못했지만.

친구들 집을 부러워했던 이유는 또 있었다. 그 시절 우리집에는 화장실이 없어서 밤낮으로 옆집이나 건너편 할아버지 댁의 논밭 화장실을 사용했다. 두 곳은 문 대신 가마니를 입구에 가려두어 아는 사람은 누구나 사용할 수 있었기에, 우리 가족은 그 두 집에 미리 그곳을 사용해도 된다는 허락을 받아둔 터였다. 감사할 일이지만 볼일을 볼 때마다 단 하루도 마음이 편안한 적이 없었다.

이 시골집에 정을 붙이려고 여러모로 노력했다. 나의 방과후 일과는 마루 선반에 진열된 과자와 음료수병을 닦는 것과 밭을 돌보는 것, 그리고 들판에 나가 꽃을 꺾어 작은 꽃병에 꽂아두는 것이었다. 자운영, 토끼풀, 미나리아재비, 강아지풀, 삘기꽃, 찔레꽃이 우리집 손님이 되어주었다. 그 일이 제법 즐거워 교내에 있는 꽃을 가위로 꺾어다 교장실에 꽂아드리기도 했으니 유년 시절의 나는 꽤나 건방진 성격이었다. 그래서 또래 아이와 어울리는 게 쉽지는 않았지 싶다.

서른을 넘긴 어느 해 길을 가는데 누군가 "랑아" 하고 불러서 쳐다보니, 초등학교 때 스치듯 뵈었던 선생님이셨다. 깜짝 놀라 인사를 드리고 10년이 훌쩍 지났는데 저를 어떻게 기억하셨냐고 물었다. 그러자 선생님께서는 그 시절 마루에 꽃이 꽂혀 있던 시골집이 흔치 않았는데 그걸 항상 6학년짜리 여자아이가 하고 있는 것이 신통해서 기억하고 있었다 하셨다. 그 애가 나중에 보니 교장실에까지 꽃을 꽂고 있었다며. 세월을 보내며 수백 명 아이를 만나셨을 텐데 담임도 하지 않았던 나를 기억해주신 것이 감사했다.

그때부터였을까, 나는 작은 집을 가지고 싶었다. 엄마와 나, 동생 셋이 편안하게 지낼 수 있는 집. 마루에서는 방과 부엌이 보이고, 화장실이 있는 작은 집이 가지고 싶었다. 마루에 있으면 부엌에서 엄마가 냄비에 콩을 달달 볶다 간장을 조금 끼얹어 치이익 하는 소리가 요란하게 들리는 그런 집. 그러나 어리고 여린 여자 셋이 살아내며 집 하나 얻기가 여간 쉬운 일이 아니었다. 그래서 이곳 지리산으로 처음 이사 왔을 때, 이 큰 집이 부담스럽기도 했지만 기쁜 마음을 감출 길이 없었다. 화장실과 마당이 있는 우리집이 생겼으니까.

작고 소소하게 운영되지만 나름 숙박업이다보니 별별 사람들이 다 다녀갔다. 가끔은 몰상식한 손님들도 있었지만 그건 진짜 가끔이다. 언제나 좋은 인연이 훨씬 많이 생긴 집이다. 누구보다 따스하지만 객관적으로 우리를 대해 옳은 길로 인도해주는 사람들, 언제든 우리집 경조사를 도맡아주는 사람들, 조금이라도 일손을 도우려는 사람들…… 이렇게 늘어놓으면 하루가 모자랄 정도다.

몇 해 전에 손님으로 만나 지금껏 언니 동생 하며 가족처럼 지내는 사람들도 생겼다. 그녀들은 언제나 서로를 만나러 우리집으로 모여들었기에, 아예 우리집에 작은 방 하나를 만들기를 원했다. 나름 조그만 지분을 갖고 싶다는 명분이었다. 서로 좋은 생각이라며 조금씩 돈을 모으자는 말이 오고간 지가 벌써 오래전 일이다. 다만 실제 공사에 착수하는 것은 제법 결심이 필요한 일이었다. 우리가 고민만 하고 막상 집 지을 기미가 보이지 않자 그들은 작정하고 우리 통장에 그 돈을 입금을 해버리기에 이르렀다.

그래서 남편과 의논 끝에 정말 집을 짓기로 했다. 그 무렵 코로나가 시작되는 바람에 여행을 멈추기도 했으니 마침 시간은 넉넉했다. 여기저기서 사진을 얻고 매일 밤낮 그림을 그리니 점차 집의 윤곽이 드러났다. 맨 처음 공사를 논의드렸던 건축소장님이 그걸 집이라고 짓느냐며 코웃음쳤지만 우리에게는 최선의 설계도였다. 그분의 제안대로 지었다면 아마 우리집은 지역 명소가 되었을지도 모른다. 하지만 나는 우리 분수에 맞는 금액과 고마운 이들이 보태준 금액으로 지을 수 있는 집을 원했다. 무엇보다 혼자 새 건물로 존재감을 드러내는 집이 아니라 오래된 본채의 외관과도 잘 어우러지는 집이길 바랐다. 손님을 받는 데 쓰이고 언젠가 우리가 지낼 수도 있어야 하니까.

　우리가 집을 짓는 동안 한 분께서는 제일 큰 통창을 선물로 보내주셨고, 몇몇 분은 휴가를 내며 페인트칠을 도와주시기도 했다. 모두 이 작은 집을 위해 중간중간 일손을 빌려주셨다. 다 같이 구들을 놓으며 환호하고, 기둥과 벽체를 세우고는 단열재를 채웠다. 소나무로 대들보가 세워지고 서까래를 올렸다. 그렇게 곳곳에 그들의 사랑과 땀과 손길이 밴 작은 집이, 드디어 내 작은 집이 생겼다. 엄마와 나, 동생 셋은 아니지만 남편과 나, 아이 셋이서 살아갈 작은 집.

　나는 내 손으로 이루고 싶은 작은 것들을 이루고, 매일 그 속에서 자족하며 살아간다. 꿈꾸던 작은 집에서 매일 밥을 짓는다. 작은 마당에는 춤추듯 향유하는 꽃들이 피고 지고, 시간과 계절을 달리하며 새들과 벌레들이 울고, 그 속에서 우리 부부와 아이가 있다. 나는 이 충만함이 벅차 가끔은 마당에서 기쁘게 울 때가 있다. 행복하고 족해도 사람은 눈물을 흘린다. 욕심이 없는 것은 아니다. 나는 욕심껏 기도한다. 딱 지금처럼만 살게 해달라고. 감사한 지금 이대로 살다가, 부서지는 흙처럼 어느 길 위에서 떠나가고 싶다고.

　남편은 자주 나에게 말한다.

　"여보 저 집은 이름만 우리집이지, 온전히 우리 건 아니야. 그들의 집이지. 우리는 잘 관리하고 보살피며 사는 거야."

늘 꿈꾸는 내 덕에 어깨가 무거운 나의 남편. 바른말에 나도 손을 내밀며 동조한다.

"그럼요, 당연하지요."

고구마줄기김치

준비물
고구마줄기, 소금, 양파,
파프리카, 부추, 맑은액젓,
다진마늘, 고춧가루,
생강 또는 생강청

① 고구마줄기의 껍질을 까서 벗긴다.

② 소금에 껍질 깐 고구마줄기를 절인다.

③ 줄기가 살짝 부드러워지면 세 번 정도 흐르는 물에 헹군다.

④ 양파와 파프리카, 부추는 씻어서 채를 썰어둔다.

⑤ 액젓에 다진마늘, 고춧가루, 생강(또는 생강청)을 넣어 입맛에
맞게 양념장을 만든다.

⑥ 손질한 채소와 씻어둔 고구마줄기에 ⑤번 양념장을 묻혀 버무
린다.

⑦ 기호에 따라 마지막에 초핏가루를 넣어준다.

내 추억 속 고구마줄기김치는 초핏가루가 쩽하게 들어가서 아삭한 여름 별미였다. 그 시작이 어디였는지 정확하지는 않지만, 시골로 들어와 어느 해부터인가 나는 해마다 계절에 지각하지 않으며 이 김치를 담그고 있다. 초창기에는 담가서 소량으로 팔기도 했지만, 이제는 내 몸이 일을 줄이라는 신호를 보내서, 그 신호에 순응하기 위해 손님과 우리가 먹을 양만큼만 만들어 여름 한철 밥상 위에 올린다.

초핏가루는 호불호가 강해 따로 넣고 손님상에는 올리지 않는다. 알싸한 향만 입에 맞는다면 우리의 고구마줄기김치는 여름을 알리는 데 더할 나위 없이 좋은 신호가 된다.

나를 쌓아가는 공간

우리만의 작은 곶감장을 만들기로 했다. 박피 기계를 들이기도 했고, 밤새 자지도 못하고 선풍기를 돌리며 곶감을 보살피는 남편의 일을 반으로 줄이기 위해서였다.

올봄 잦은 비로 결국 작업이 미뤄져 뜨겁게 햇살이 내리는 6월에 첫 공사를 시작했다. 철 구조물을 사서 용접하고, 패널을 붙이고 창호를 달고, 페인트를 칠하는 작업을 하나씩 해나가는 남편을 보며 고마운 마음에 한여름보다 더 뜨겁게 응원했다. 시골에서 무언가를 짓는다는 것은 돈으로 될 일이 아니라는 걸 잘 알고 있다. 우리 모두를 위한 장소가 되겠지만 남편은 이 공간을 내게 선물처럼 주고 싶다며 최선을 다해 만들었다. 아직도 온전히 완성된 건 아니지만, 이 정도 속도면 올해 곶감은 이곳에서 만들 수 있을 듯하다. 남들 보기엔 미흡해 보일 수 있지만 뭐 어떤가. 이곳은 우리집이고 우리가 잘 사용해줄 텐데.

곶감장은 사실 1년에 딱 3개월만 곶감을 위해 사용된다. 다른 곶감장만 보아도 그 외의 시간은 그곳을 창고처럼 집기나 농기구 등을 보관하는 데 쓴다. 하지만 나는 나머지 기간에는 그곳을 내 시간으로 채워나갈 생각이다. 그래서 책상을 두 개 놓기로 했다. 작은 책상에서는 책도 읽고 낙서도 하고 다시 필사도 시작할 요량이었다. 큰 책상 위에는 재봉틀을 두고 자투리 천으로 필요한 걸 만들고 뜨개나 자수를 하게 되겠지.

이런 소일거리를 매번 집에서 했던 터라 손님이 오시면 후다닥 책상을 치워야 했는데, 이제는 물건들이 흩어져 있어도 부끄러워하지 않아도 된다. 작업하다가 잠시 멈추고 놔두면 되는 내 공간. 가끔은 짧은 낮잠도 잘 수 있을 거다. 그러니 근사하지 않아도 되었다. 나는 공간이 필요했을 뿐이니까. 살면서 한 번도 내 공간은 가져본 적 없었다. 내 공간이 생긴다고는 감히 상상해본 적도 없었는데 오롯이 나만의 공간이 생기다니. 살다보니 남편 덕에 이런 호사도 누리며 산다.

낮보다 밤이 더 따스했으면 해 작은 창도 달아두었다. 바람이 다녀가라고 큰 창도 만들고, 햇살이 일찍 찾아오라고 동쪽으로 들창도 작게 만들었다. 어느 누군가에게 사랑받고

눈총받았을 손때 묻은 책상과 테이블도 있다. 봄에는 몸 녹일 차 한 잔을 마시고 컵을 씻을 수 있게 작은 싱크대도 만들어 준다 하니, 내 평생 손꼽힐 숨 막히는 선물이 되었다.

다음 해 봄이면 이 공간을 남편이 좀더 손보는 것으로 작업장은 완성될 것이다. 너무 가지고 싶어 밤잠을 설치던 장난감을 내일이면 갖게 되는 어린아이처럼 마음이 설렌다. 나는 어느새 다음 해 봄을 벌써 마중나가고픈 마음 급한 사람으로 변해가고 있다.

손님들도 이 공간을 쓸 수 있겠지. 이곳을 찾는 손님이 있다면 그도 책을 읽거나 손으로 무언가 꼼지락거릴 공간이 필요한, 나와 비슷한 결을 가진 사람일 테다. 그런 사람이 이 작은 공간을 필요로 한다면 나는 기꺼이 이 공간을 함께 누릴 것이다. 행운처럼 찾아온 공간이니 그 쓰임이 헛되지 않게 해야지. 물론 나 말고는 아무도 원하지 않을지도 모른다. 그럼 문을 꼭꼭 닫아걸고 나만의 세계로 간직할 테다. 그래도 마냥 좋기만 할 것이다.

숲속 작은 집
—— 마리의 부엌

초판 인쇄   2024년 11월 19일
초판 발행   2024년 11월 29일

글   김랑

책임편집   변규미
편집   오예림
디자인   조아름
마케팅   김도윤 김예은
브랜딩   함유지 함근아 박민재 김희숙 이송이
          박다솔 조다현 배진성 이서진 김하연
제작   강신은 김동욱 이순호

펴낸이   이병률
펴낸곳   달 출판사
출판등록   2009년 5월 26일 제4406-2009-000034호
주소   10881 경기도 파주시 회동길 455-3
이메일   dal@munhak.com
SNS   dalpublishers
전화번호   031-8071-8683(편집) 031-8071-8681(마케팅)
팩스   031-8071-8672

ISBN   979-11-5816-185-9 (03810)